영어 스피킹 연습

김경형

영어 스피킹 연습

발행일 2019년 4월 15일

지은이 김경형

발행처 주식회사 부크크

출판등록 2014.07.15.(제2014-16호)

주 소 경기도 부천시 원미구 춘의동202 춘의테크노파크2단지 202동 1306호

대표전화 1670-8316

이메일 info@bookk.co.kr

ISBN 979-11-272-6950-0

머리말

한국인이나 일본인이 유난히 영어에 엄청 난 시간을 소비하면서도 유럽인들에 비해 영어를 못하고 심지어 캄보디아, 이란, 이디오피아 사람들에 비해서도 우리보다 영어 배우는 시간이 훨씬 작음에도 불구하고 훨씬 영어로 말을 잘했다. 그것은 우리가 영어를 들을 때 어순 때문에 충돌이 일어나고 또 반대로 말할 때도 어순 때문에 충돌이 일어나서 들을 때도 힘들고 말할 때도 힘들다. 그래서 역발상으로 한국어 어순을 바꾸고 바뀐 어순에 알고 있는 영어를 덧입히기만 하면 유럽인들처럼 영어를 잘 말할 수 있을 것 같고 듣기도 더 편해질 거라 생각한다.

그럼 그 많은 한국어를 어떻게 다 영어어순으로 바꾸겠는가. 걱정하지 마라. 영어는 다섯 가지 형식이 있기 때문에 모든 문장이 또는 아무리 복잡한 문장도 다섯 가지 형식중 하나이다. 1 형식, 2 형식, 3 형식은 간단하고 4 형식, 5 형식은 조금 어려울 수도 있지만 간단한 다섯 가지 형식으로 우리가 표현하는 말 대부분을 표현할 수 있다. 한국어 어순을 영어의 5 가지 형식으로 재배열해서 연습하다 보면 자연스럽게 영어회화에 익숙해져서 다섯 가지 형식이 무의식적으로 작용하게 되어 형식 종류를 염두조차 하지 않게 된다.

한국말 어순을 자꾸 영어어순으로 마음속으로 바꿔보는 습관을 길러보면 좋다.
예를 들어 친구가 "(나) 학교 갔어" 말한다면 "나 갔어/학교에(I went/ to school.)" 로 바꿔서 영어를 그 위에 덧입히면 금방이라도 중학교 때 배운 쉬운 단어로 간단한 표현은 영어로 자기 생각을 말할 수 있게 된다.

또한 중요한 것은 영어로 말을 시작하려고 할 때 일단 말하고자 하는 문장 중에서 **동사**는 뭘 쓸 건지, **시제**는 현재, 과거, 미래 중 어디에 속하는지 생각하는 습관을 길러야 한다. ESL 수업을 들은 적이 있는데 학생 중 많은 학생이 과거 표현을 현재형으로만 쓸 때가 아주 많았다. 시제를 염두 해 두길 바란다.

2019 년 4 월

김경형

목차

Simple Daily Expressions

*Hi!, Hello. (안녕하세요), *Excuse me. (실례합니다)

*Nice to meet you. (만나서 반갑습니다)

*I am Kim Kyung Soo. (저는 김경수 입니다)

*My last name is Kim. (제 성은 '김' 입니다)

*My first name is Jee Soo. (제 이름은 '지수'입니다)

*Good(좋아요), I like it. (맘에 들어요, 좋아요)

*I will take it. (그거 살게요, 그것 살게요)

*Really? (정말이요?) *How much? (얼마예요?)

*Where are you going? (어디 가세요?, 어디 가)

*What are you doing? (뭐하세요?, 뭐해?)

*What's next? (다음이 뭐예요?)

*What is that? (그게 뭐예요?)

*How long does it take? (얼마 걸려요?)

*Pardon?, Excuse me? (예?) (네?) (뭐라고요?)

*I can't hear you. (안 들려요)

*just in case 혹시나 (혹시나 해서)

*Just for a second (잠깐만)

*I got it. (알았어요)

*Go ahead. (먼저 하세요) (먼저 가세요)

*How are you doing? (잘 지내세요?, 잘 지내?)

*No problem. (문제 없어요).

*No problem with my schedule. (내 스케줄에는 문제 없어요.)

*Not this time(이번에는 안돼요)

*Good for her. (그 여자에겐 잘됐네요)

*Like what? (어떤 것인데요?)

*Be my guest. (편하게 하세요)

*No way. (절대 안돼) *Never. (전혀 아니에요)

*It depends. (상황에 따라 달라(요))

*So far, so good. (지금까진 괜찮아(요))

*For here or to go? (여기서 먹을 거예요? 아니면 가지고 갈 거예요?)

*Why not? (물론이죠, 왜 안돼 당연히 하지)

*Of course. (물론이죠)

*How about this? (이것 어때요?)

*What's the matter?, What happened? (무슨 일이에요?)

*Where are you? (어디 있어)

*Oh. I see. (오 알았어)

*You're right. (맞아)

*I understand. (알겠어)

*Sounds good. (좋아)

*I remember. (기억나)

*Give me a call. (나한테 전화해)

1형식: 주어(~는) + 동사(~하다, 있다)

*나는 간다/ 학교에

I go/ to school.

*나는 갔다/ 학교에/ 8시에

I went/ to school / at 8.

*나는 걸어갔다/ 학교에

I walked/ to school.

*나는 갔다/ 거기에/버스 타고 (택시 타고, 지하철로)

I went/ there/ by bus. (by taxi, by subway)

*나는 돌아왔다/ 집에 (come back 돌아오다)

I came back/ home.

*그는 돌아갔다/ 그의 나라에

He went (got) back/ to his country.

*그는 갔다/ 시내에

He went/ downtown.

*나는 갔다/ 도서관에

I went/ to the library.

*나는 머물렀다/ 집에/ 그와 함께

I stayed/ home/ with him.

*그것은 사라졌다/ 그 후에 바로

It disappeared/ soon after.

*그는 갔다/ 안으로

He went/ inside.

*나는 일어났다/ 8 시에

I got up/ at 8.

*나는 방금/ 일어났다 (잠을 깨고 일어났다)

I just/ woke up. (wake-woke-woken)

*그는 돌았다/ 오른쪽으로

He turned/ right.

*그는 보았다/ 둘레를.

He looked/ around.

*그는 돌았다/ 둘레를(빙)

He turned/ around.

*그는 앉았다/ 테이블에

He sat down/ at the table.

*그는 도착했다 / 첫 번째로

He arrived/ first.

*나는 떠날 거야 (갈 거야)/ 30 분 후에

I'll leave/ in 30 minutes.

*버스는 떠난다/ 11:20 분에

The bus leaves/ at 11:20.

*그것은 움직였다/ 뒤로 앞으로 (앞뒤로)

It moved/ back and forth.

*그것은 작동한다/ 잘

It works/ well.

*그것은 효과가 있었다.

It worked.

*어느 것도 효과가 없었다

Nothing worked.

*내 왼발이 아직 아퍼

My left foot still hurts.

*나는 이사 왔다/ 여기로

I moved/ here.

*나는 갈아 입었다/ 내 수영복으로

I changed/ into my swimsuits.

*그녀는 말했다(말을 걸었다)/ 그에게.

She talked/ to him.

*그녀는 말하고 있었다/ 그에게

She was talking/ to him.

*그녀는 말했다/ 그에게/ 그녀의 문제에 대해

She talked/ to him/ about her problem.

*그는 웃었다/ 나를 보고

He laughed/ at me.

*그는 봤다/ 나를

He looked/ at me.

*나는 봤다/ 사방을/ 내방에서

I looked/ everywhere/ in my room.

*그는 거짓말했다/ 나에게

He lied/ to me.

*나는 사과했다/ 그에게

I apologized/ to her.

*그것은 일어났다 /그에게

It happened/ to him.

*그것은 일어났다/ 3 년전에

It happened/ 3 years ago.

*이상한 일이 일어났다

A strange thing happened.

*그는 왔다/ 수업에

He came/ to class.

*그것은 비용이 든다/ 많이

It costs/ a lot.

*그것은 비용이 들었다/ 많이

It cost/ a lot.

*그는 울었다/ 많이

He cried/ a lot.

*나는 기다렸다/ 버스를

I waited/ for a bus.

*나는 기다리고 있었다/ 그녀를

I was waiting/ for her.

*버스가 오고 있다

The bus is coming.

*그것은 시작한다/ 10 시에

It begins/ at 10.

*그 전쟁은 일어났다/ 1950 년에

The war broke out/ in 1950.

*내차는 고장 났다/ 여러 번

My car broke down/ several times.

*나는 운전해 갔다/ 버스 정류장까지.

He drove/ to the bus stop.

*나는 넘어졌다.

I fell down. (fall-fell-fallen)

*그녀는 나타나지 않았다

She didn't show up.

*그는 서둘러 갔다/ 부엌 안으로

He hurried/ into the kitchen.

*모두가 서둘렀다(서둘러 갔다)/ 밖으로

Everyone hurried/ outside.

*나는 싸웠다/ 그녀랑

I fought/ with her. (fight- fought-fought)

*나는 비행기 타고 갔다 L.A 에

I flew/ to L.A. (fly-flew-flown)

*그는 잊어버렸다/ 그것에 대해

I forgot/ about it.

*나는 도착했다/ 은행에(arrive at, get to: 도착하다)

I got/ to the bank.

*나는 자랐다/ 작은 도시에서 (부산에서)

I grew up/ in a small town. (in Busan)

*나는 들어본 적 없어/ 그것에 대해

I never heard/ of it. (about it)

*나는 숨었다/ 나무 뒤에

I hid/ behind a tree. (hide- hid-hidden)

*그 개는 숨어있다/ 소파아래

The dog is hiding/ under the sofa.

*팔이 가렵다.

My arm itches.

*내 차례가 왔다

My turn came.

*내 알람 시계가 울리지 않았다.

My alarm clock didn't go off.

*그는 나타났다/ 입구에

He appeared/ at the entrance.

*그는 누웠다/ 거기에

He lay/ there.

*그것은 속한다/ 나에게 (그건 내 거야)

It belongs/ to me. (It's mine.)

*그는 들렀다/ 내 사무실을 (stop by: 들르다)

He stopped by/ my office.

*그녀는 속삭였다/ 그에게

He whispered/ to him.

*그는 (나)왔다/ 차에서(차 밖으로)

He came (stepped)/ out of the car.
(He got/ out of the car.)

*그는 방금 갔다. (떠났다)

He just left.

*신발이 맞지 않는다/ 잘

The shoes don't fit/ well.

*그가 끼어 들었다.

He broke in.

*그것은 시작했다/ 3 년전에

It started/ 3 years ago.

*나는 앉았다/ 가까이에/ 그에게

I sat down/ close/ to him.

*그녀는 서있다/ 그의 뒤에

She is standing/ behind him.

*그는 있다/ 30 대에(그는 30 대이다)

He is/ in his thirties.

*그는 40 대이다.

He is/ in his forties.

*나는 들었다/ 많이/ 너에 대해

I heard/ a lot/ about you.

*내가 생각해 볼 거야/ 그것에 대해

I'll think/ about that.

*모든 불이 켜졌다.

All the lights went on.

*그는 내렸다/ 버스에서

He got off/ the bus.

*그는 탔다/ 버스를

He got on/ the bus.

*그것은 걸리지 않았다 오래

It didn’t take/ long.

*나는 걸어갔다/ 가까이에/ 그에게

I walked/ close/ to him.

*그 사건은 일어났다/ 4 년후에

The event took place/ four years later.

*아마도 그것이 도움이 될 거야

Maybe it will help.

*그것은 상관없다.

It doesn't matter.

*그는 갔어/ 집에

He went/ home. (He left/ for home.)

*그는 했다/ 아주 잘/ 물리에서(물리를 아주 잘했어)

He did/ very well/ in physics.

*그는 했다/ 아주 잘/ 중학교에서 (공부 잘했다)

He did/ very well/ at middle school.

*너는 할 거야/단지 잘

You'll do/ just fine.

*그는 연습했다/ 매우 열심히/ (여름 내내)

He practice/ very hard/ (all summer long).

*그는 졸업했다/ 그 대학을

He graduated/ from the university.

*away 는 멀리 떨어져 가버리는 느낌을 나타내는 말임.
*He passed away. (그는 돌아가셨다), He ran away. (그는 도망갔다), Go away! (꺼져)He put it away. (그는 갖다 놓았다/ 그것을), I threw it away. (나는 버렸다/ 그것을)

1형식 심화

*** to+ 동사원형(to 부정사 부사적 용법의 목적: ' ~하기 위해서, 또는 ~하러' 로 해석)**

*나는 갔다/ 거기에/ 보기 위해 (그를)

I went/ there/ to see (him).

*나는 갔다/ 이마트에/ 사기 위해 (바나나를)

I went/ to E mart/ to buy (bananas).

*그는 갔다/ 먹이를 주려고 (그 새에게)

He went/ to feed (the bird).

*그는 갔다/ 씻으러(씻기 위해) (손을)

He went/ to wash (his hands).

*그 여자는 나갔어/ 알기 위해서 (무슨 일이 일어났는지)

She went out/ to find out (what happened.)

*나는 갔어/ 공항에/ <u>데려가기 위해</u> (내 여동생을)

I went/ to the airport/ to pick up (my sister).

*나는 왔다/ 여기에/ <u>가져 가기 위해</u> (내 패키지를)

I am/ here/ to pick up my package.

*나는 왔다/ 여기에/ <u>물어보기 위해</u> (너에게 그 가격에 대해)

I am/ here/ to ask (you about the price).

*그는 왔다/ 여기에/ <u>보기 위해서</u> (나를)

He came/ here/ to see (me).

*그녀는 앉았다/ <u>먹기 위해서</u>

She sat down/ to eat.

*그들은 만났다 여기서/ 연습하기 위해서 (스케이팅을)

They met here/ to practice/ (skating.)

Be 동사: 있다(존재한다)--1형식

***Be 동사: 있다(존재한다)--1 형식, ~이다--2 형식**
***의문문에서 주어와 위치 변경**

*그는 있다/ 화장실에

He is/ in the bathroom.

*그는 있니/ 화장실에?

Is he/ in the bathroom?

*왜/ 그는 있니/ 거기 안에?

Why/ is he/ in there?

*그는 있었다/ 여기에

He was/ here.

*그는 있었니/ 여기에?

Was he/ here?

*나는 있다/ 여기에

I am/ here.

*너는 왔니/ 여기에/ 영어 캠프 때에

Are you here/ for the English camp?

*그는 없다/ 여기에

He is not/ here.

*시청이 있다/ 저기에

The city hall is/ over there.

*그는 있니/ 저기에?

Is he/ there?

*너는 있니/ 거기 안에?

Are you/ in there?

*그는 있니/ 직장에?

Is he/ at work?

*그는 있다 /직장에

He is/ at work.

*그는 있니/ 학교에?

Is he/ at school?

*그는 있다/ 학교에

He is/ at school.

*그녀는 있다/ 밖에

She is/ out.

*그녀는 없다/ 여기에

She is not/ here.

*그녀는 있다/ 병원에(입원에).

She is/ in the hospital.

*그녀는 있니/ 병원에?

Is she/ in the hospital?

*우리는 있었다/ 수업 중에

We were/ in class.

*그녀는 있다/ 2 학년에(그녀는 2 학년이다)

She is/ in the second grade.

*그들은 있다 /나랑 같이

They are/ with me.

*너희들은 있었니/ 수업 중에 (너희들은 수업 중이었니?))

Were you/ in class?

*그들은 있니/ 너랑 같이?

Are they/ with you?

*어디에/ 그들은 있니?

Where/ are they?

*나는 있었다(머물렀다)/ 차 안에

I was(stayed)/ in the car.

*너는 있었니/ 차 안에

Were you/ in the car?

*그는 있니/ 큰 어려움에? (그는 엄청 힘들어?)

Is he/ in big trouble?

*왜/ 그는 있니/ 큰 어려움에 (왜 그는 엄청 힘들어?)

Why/ is he/ in big trouble?

*그는 있다/ 은행에.

He is/ at the bank.

*그는 있니/ 은행에?

Is he/ at the bank?

*그것은 있었다/ 여기에/ 어제

It was/ here/ yesterday.

*그는 있었다/ 저기에

He was/ there.

*그는 있었다(머물렀다) 밖에

He was (stayed)/ outside.

*나는 있었다/ 그의 옆에

I was/ by his side.

*그녀는 있다/ 그녀의 엄마와 함께

She is/ with her mom.

*그것은 있어/ 바로/ 저기에

It is/ right/ over there.

*그는 왔다/ 일본으로부터 (그는 일본 사람이에요)

He is/ from Japan. He comes/ from Japan.

He is Japanese.

*나는 왔다(있다)/ 집에

I am/ home.

*그녀는 와있다 (있다)/(벌써)/ 저기에

She is/ (already)/ there.

*나는 갈 거야/ 정시에

I'll be/ on time.

*제가 금방 돌아올게요. (금방 올게. 잠깐 기다려)

I'll be right back.

*내가 갈게/ 거기에

I'll be/ there.

*나는 있다/ 바쁜 중에 (나 바빠, '시간이 급하다' 뜻)

I'm/ in a hurry.

*나는 있다/ 도중에 (나는 가고 있어)

I am/ on my way.

*그녀는 있다/ 밖에/ 당장 지금은

She is/ out/ at the moment.

*너는 있니/ 거기에? (전화에서 전화하다가 상대방이 대답이 없을 때도 씀, 한국말로는 "여보세요?")

Are you/ there?

*너 다시 왔니?

Are you here again?

*그것은 있니/ 그 빌딩 앞에?

Is it in front of the building?

there is, there are: ~이 있다

* there is, there are: ~이 있다, there was, there were: ~ 이 있었다

*뭔가가 있다/ 밖에

There is something /outside.

*은행이 있니/ 이 근처에?

Is there/ a bank/ near here?

*어떤 문제가 있니?

Are there any problems?

*어떤 자세한 것들이 있니/ 그 사건에 대해?

Are there any details/ about the incident?

*어떤 잘못된 것이 있니/ 이 그림에?

Is there/ anything wrong/ with this picture?

*전기가 없었다.

There was no electricity.

*큰 차이가 있다/ A 와 B 사이에

There is a big difference/ between A and B.

*특별한 이유가 있니/ 할/ (그것을)

Is there special reason/ to do/ (that)?

*이유가 없다/ 살/ (전자제품을)/ (큰 가게에서).

There is no reason/ to buy/ electronics/ in a big store.

*이유가 없다/ 믿을/ (그것을)

There is no reason/ to believe/ (that).

*이유가 없다/ 의심할/ 그를

There's no reason/ to doubt/ (him.)

Here is(are): 여기에 ~가 있어

*여기에 있다/ 하나가

Here's/ one.

*여기에 있다/ 너의 거스름돈이

Here's/ your change.

*여기에 있다/ 나의 신분증이

Here's/ my I.D.

*여기에 있다/ 몇 개의 예가

Here are/ some examples.

*여기 있어/ 편지가/ 그녀에게 온

Here is/ a letter/ to her.

*여기 그 사람이 있어/ 마침내 (마침내 그가 왔어)

Here he is/ at last (Here+ 대명사 + 동사)

2형식 (주어+ 동사+보어)

***주어 + be동사(look, get, smell, feel, taste등) + 형용사 또는 명사**

*** '~는 ~이다 또는 ~하다' 로 (과거: ~였다)**

***의문문은 be동사인 경우: be 동사+주어**

일반동사인 경우 do, does, did+주어+동사원형

***부정문: be동사인 경우: be+not**

일반동사인 경우: do, does, did+not

***2형식 문장에서는 한국어 어순 바꾸지 않고 바로 영어로 하는 게 낫다.**

*나는 변호사예요.

I am a lawyer.

*나는 초조해요.(떨려요)

I am nervous.

*그것은 내 잘못이었어.

It was my fault.

*그것은 도움이 됐어.

It was helpful.

*그것은 약 3년 전이었어.

It was about 3 years ago.

*그는 잠들었어.

He is asleep.

*그는 깨어 있었어요.

He was awake.

*그는 살아있었어요.

He was alive.

*그는 뚱뚱해요.

He is fat.

*네가 맞다

You are right.

*그녀는 매우 다정다감했어요

She was very friendly.

*그것은 (사라지고) 없다

It is missing.

*그 게임은 막상막하였다.

The game was close.

*버스요금은 1100원이다

The bus fare is 1100 Won.

*온도가 29도이다/ 오늘은

The temperature is 29 degrees/ today.

*오늘은 온도가 29도이다

Today the temperature is 29 degrees.

*그것은 아주 깨지기 쉽다.

It is so fragile.

*그건 내가 아니었어.

It wasn't me.

*그는 신이 났다

He got excited. (He was excited)

*그 박스는 비어 있었다

The box was empty.

*버스는 아주 붐볐다.

The bus was so crowded.

*그것은 믿을 수 없어요.

It is incredible.

*그것은 기한이 지났다.

It is overdue.

*그것은 젖어 있었다.

It was wet.

*우리는 젖었다

We got wet.

*그는 매우 호기심이 많다

He is very curious.

*그것은 너무 많다

It is too much.

*나는 관심이 없어

I am not interested.

*내차 앞 타이어가 빵꾸 났다.

My front tire is flat.

*나는 샐리이다.

I am Sally.

*배터리가 다 됐다..

Battery is dead.

*그것은 고장 났다

It is broken.

*여름 방학이 거의 끝났다

Summer vacation is almost over.

*그것은 틀리다

It is wrong.

*그것은 잘못됐다

It went wrong.

*그것은 상했다.

It went bad.

*그는 화가 났다

He got angry. He was upset.

*그는 결석했다

He is absent.

*나는 너의 나이이다(나이가 같다)

I am your age.

*나는 거의 너의 나이였다

I was about your age.

*그것은 아주 진짜이다..

It is so real.

*그것은 이상하다.

It is weird.

*그것은 짜증난다.

It is annoying.

*나는 매우 스트레스 받아

I'm so stressed out.

*그의 직업은 아주 스트레스가 많아

His job is so stressful.

*그것은 30달러가 된다.

That will be 30 dollars.

*나는 준비가 돼 있다

I am ready.

*나는 준비가 되어있다/ 갈

I am ready/ to go.

*나는 준비가 돼 있다/ 갈/ 거기에

I am ready/ to go/ there.

*나는 준비됐다/ 할/ 그것을

I am ready/ to do/ it.

*나는 준비되어 있다/ 시작할

I am ready/ to get started.

*나는 준비 될 거야/ 몇 분 지나면

I'll be ready/ in a few minutes.

*저녁이 거의 준비됐다

Dinner is almost ready.

*그것은 거의 다 끝냈다.

It is almost done (finished).

*우리는 거의 끝났다.

We are (almost) done (finished).

*그것은 거의 요리가 됐다.

It is nearly cooked.

*둘 중 어느 거라도 괜찮다.

Either is fine.

*둘 다 맞아

Both are correct.

*그 가게는 붐볐다.

The store was busy.

*그것은 공평하지 않는다.

It is not fair.

*나는 아주 확신하지 않는다. (난 잘 몰라)

I am not so sure.

*나는 무서워

I am scared.

*처음엔/ 나는 무서웠어

At first/ I was scared.

*그것은 무서웠니?

Was it scary?

*나는 당황스러웠다.

I was embarrassed.

*나는 인상 깊었다.

I was impressed.

*나는 쓰릴 있었다.

I was thrilled.

*나는 조금 떨렸다

I was a little nervous.

*만기일이 오늘이다.

The due date is today.

*언제가 만기일이니?

When is the due date?

*그건 만기가 지났어

It is overdue.

*숙제는 만기다/ 다음주 월요일에

The assignment is due/ next Monday.

*그는 내 이웃이야

He is my neighbor.

*시간이 늦은 오후였다.

It was late in the afternoon.

*그것은 까다로운 문제이다.

It is a tricky question.

*그것은 너무 안됐다.

That's too bad. (I am sorry to hear that.)

*그는 운이 좋았어

He was lucky.

*그것이 그거니?

Is that it?

*(그것은) 그게 아니다

That's not it.

*그것은 진짜 이야기야

That's a true story.

*그것은 그렇게 크진 않다

It is not that big.

*그것은 그렇게 멀지 않아.

It is not that far.

*여기는 제인인데요 (전화통화에서), 또는 소개할 때: 이 분은 제인입니다.)

This is Jane.

*그것이 좋지 않니?

Isn't it good?

*그것이 잘못됐나요

Did it go wrong?

*당신은 미스 김 입니까?

Are you Miss. Kim?

*그것은 조작한 거니?

Is it a fake?

*그것은 먼 거리니?

Is it a long distance?

*언제가 너는 자유롭니? (언제 한가해?)

When are you free?

*그것이 있니?

Is it available?

*우리는 30분 늦었다/ 미팅에

We are 30 minutes late/ for the meeting.

*그것은 괜찮다/ 나에겐

It is fine/ with me.

*나는 처음이다/ 이것에

I am new/ to this. (at this)

*그것은 비슷하다/ 호랑이와

It is similar/ to a tiger.

*점수가 2대1이다.

The score is two to one.

*그는 자랑스러워 한다 /너를

He is very proud/ of you.

*나는 잘해/ 수학을(나는 수학 잘해)

I am good/ at math.

*그것은 20분이다 /걸어서

It is 20minutes/ on foot.

*그것은 두 블락이다/ 여기서부터

It is two blocks/ from here.

*그것은 15 달러다/ 어른에게(어른은 15달러예요)

It is 15 dollars/ for adults.

*그것은 5 달러다/ 세 조각에

It's 5 dollars/ for three pieces.

*나는 알러지가 있어/ 땅콩에 (allergic: 알러지가 있는)

I am allergic/ to peanuts.

*너는 알러지가 있니/ 뭔가에

Are you allergic/ to something?

*나는 무섭다/ 높은 데가

I am afraid/ of heights.

*그는 기뻤다/ 그것에 대해

He was happy/ with it (about it).

*그것은 머니/ 여기서(부터)

Is it far/ fom here?

*그것은 두 블락 (떨어져) 이니/ 여기서부터

Is it two blocks/ from here?

*그 스프는 짠 맛이 나.

The soup tastes salty.

*그것은 신 맛이 나.

It tastes sour.

*그는 슬퍼 보였어

He looked sad.

*그는 건강하게 보여.

He looks healthy.

*그녀는 이상하게 보였어.

She looked strange.

*너는 보인다/ 너의 아빠처럼(너는 아빠 닮았다)-1형식

You look/ like your father.

*그는 당황스럽게 느꼈어.

He felt embarrassed.

*나는 불편하게 느꼈어.

I felt uncomfortable.

*나는 끔찍하게 느꼈어

I felt terrible.

*나는 어지럽게 느꼈어.

I felt dizzy.

*나는 좀 어지러워

I am a little dizzy.

*그녀는 헷갈린 것처럼 보였어.

She seemed (looked) confused.

*그것은 끔찍한 냄새가 난다

It smells awful.

*그것은 냄새가 좋다

It smells good.

*그것은 좋아 보인다

It looks good (nice).

*그것은 징그럽게 보여.

It looks nasty.

*당신은 낯이 익는데요.

You look familiar.

*그는 당황한 것처럼 보였어.

He looked puzzled.

*좋아!

It sounds good.

2형식 심화

***to+ 동사원형(to 부정사 부사적 용법의 원인: ~해서)**

*나는 슬프다/ 말하게 돼서/ (이것을)

I'm sad/ to say/ (this). (to say this는 형식에 안 넣음)

*나는 유감이다/ 들으니/ 그것을

I am sorry/ to hear/ that.

*나는 기쁘다/ 만나서/ 너를

I am happy/ to meet/ you.

*나는 놀랐다/ 듣고서/ 그 뉴스를

I was surprised/ to hear/ the news.

*그는 실망했다/ 져서/ 나달에게

He was disappointed/ to lose/ to Nadal.

*우리는 기뻤다/ 알고서/ 그의 체포에 대해서

We were pleased/ to learn/ about his arrest.

***to부정사(to+동사원형), 동명사(동사+ing): 주어, 목적어, 보어 역할**

***'~하는 것' 으로 해석**

*내 취미는 테니스 치는 것이다.

My hobby is/ to play tennis (playing tennis).

*나의 부인의 취미는 음식 만드는 것이다.

My wife's hobby is/ to make food.

*그의 가장 좋아하는 취미는 사냥이다

His favorite hobby is/ hunting.

*수영하는 건 재미있다.

Swimming is/ fun. (swimming 은 동명사로 주어 역할)

*그의 취미는/ 보는 것이다/ 야구를

His hobby is/ watching/ baseball games.

3형식

***주어(~는)+동사(~하다)+목적어(~을)**

*나는 했다 /그것을

I did/ it.

*나는 했다/ 그것을 /제대로

I did/ it/ right.

*나는 맛을 봤다/ 그것을

I tasted/ it.

*나는 지불했다/ 10$를

I paid/ 10 $.

*나는 갚겠다(지불하겠다) / 너에게/ 나중에

I will pay/ you/ back later. (pay back: 갚다)

*나는 봤다/ 뭔가를

I saw/ something.

*나는 저금한다/ 돈을

I save/ money.

*그는 찢었다/ 박스를

He ripped/ the box.

*나는 하지 않았다/ 아무것도

I didn't do/ anything.

*나는 먹었다/ 그것을/ 처음으로

I ate/ it/ for the first time.

*그녀는 개고 있었다/ 옷을

He was folding/ clothes.

*나는 필요하다/ 하나 더

I need/ one more.

*그는 눌렀다/ 버튼을/ 그것 위에 있는

He pushed (pressed)/ buttons/ on it.

*그는 사용했다/ 그것을/ 한번

He used/ it/ once.

*나는 사용했다/ 그것을/ 많이

I used/ it/ a lot.

*나는 고쳤다/ 그것을

I fixed/ it.

*나는 감사해한다/ 그것에 (고마워)

I appreciate it. (Thank you so much)

*나는 하겠다/ 최선을

I'll do/ my best.

*나는 할거야/ 똑같이

I'll do/ the same.

*그는 봤다/ 그 프로그램을

He watched (saw)/ the program.

*그는 (열쇠로)열었다/ 문을

He unlocked/ the door.

*나는 바꿨다/ 내 마음을(나는 맘이 변했어)

I changed/ my mind.

*우리는 받는다(수락한다)/ 신용카드를

We accept/ credit cards.

*그는 받았다/ 좋지 않은 점수를

I got/ a poor grade.

*그는 잡았다/ 물고기를

He caught/ a fish.

*나는 산책시켰다/ 내 개를

I walked/ my dog.

*그는 마셨다/ 커피를

He drank/ coffee.

*그녀는 연주한다/ 첼로를

She plays/ the cello.

*나는 (플레이)했다/ 농구를/ 내 친구와 함께

I played/ basketball/ with my friends.

*그는 봤다/ 운전 시험을

He took/ a driving test.

*나는 샀다/ 그것을

I bought/ it.

*나는 맘에 든다/ 그것이

I like/ it.

*나는 탔다/ 택시를

I took/ a taxi.

*나는 탔다/ 버스를

I took/ a bus.

*나는 탔다/ 지하철을

I took/ the subway.

*그는 말했다/ 거짓말을

He told/ a lie. (He lied)

*그는 들어올렸다/ 그 박스를

He lifted/ the box.

*그는 봤다/ 얼룩말을

He saw/ a zebra.

*나는 샀다/ 달걀을

I bought eggs.

*나는 먹었다/ 저녁을

I ate/ dinner.

*우리는 들었다/ 발자국(소리)를

We heard/ footsteps.

*나는 설명했다/ 그 문제를/ 그에게

I explained/ the problem/ to him.

*그는 닫았다/ 문을

He shut (closed)/ the door.

*나는 만났다/ 그녀를

I met her.

*우리는 준비했다/ 점심을

We fixed/ lunch.

*나는 시작한다/ 일을/ 8시에

I start/ work/ at 8.

*나는 싫어한다/ 수학을(물리를, 화학을, 시험을)

I hate/ math. (physics, chemistry, exams).

*나는 찍었다/ 많은 사진을

I took/ many pictures.

*그것은 물었다/ 내 손가락을

It bit/ my finger. (bite- bit-bitten)

*나는 필요하다/ 너의 도움이

I need/ your help.

*나는 필요하다 /너의 서명이(싸인)

I need/ your signature.

*나는 렌트했다(빌렸다)/ 차를

I rented/ a car.

*나는 주차했다/ 내 차를/ (저기에)

I parked/ my car/ (over there).

*나는 모른다/ 정확한 숫자를

I don't know/ the exact number.

*나는 인출했다/ 현금을/ ATM기계에서

I withdrew/ cash/ from the ATM.

*나는 받았다/ 속도위반(speeding) 티켓을

I received (got)/a speeding ticket.

*나는 가졌다/ 잡 인터뷰를/ 삼성에서

I had/a job interview/ at Sam Sung.

*나는 봤다/ 그것을/ TV에서

I saw/ it/ on TV.

*나는 소개했다/ 그녀를/ 그에게

I introduced/ her/ to him.

*너는 가지고 있다/ 좋은 기억력을(기억력 좋다)

You have/ a very good memory.

*나는 가지고 있지 않다 /잔돈을(난 잔돈이 없어)

I have no/ change.

*나는 신경쓰지 않는다/ 그것을

I don't mind/ it. (I don't care: "그러든 말든 난 관심 없다"는 뜻)

*그녀는 차로 데려다 줬다/ 나를/ 학교까지(drive: ~을 차로 데려다 주다)

She drove/ me/ to school.

*나는 먹지 않는다/ 고기를

I don't eat/ meat.

*나는 쌌다/ 그 박스를/ 조심스럽게

I wrapped/ the box /carefully.

*그는 그린다/ 만화를

He draws/ cartoons.

*나는 찾았다/ 인턴십을

I found/ an internship.

*너는 찾았니/ 인턴자리를

Did you find/ an internship?

*나는 잃어버렸다/ 내 스마트폰을

I lost/ my smartphone.

*그는 실패했다(떨어졌다)/ 운전면허시험에

He failed/ the driving test.

*나는 걸렀다/ 점심을

I skipped/ lunch.

*그 여자는 다닌다/ 그 학교에

She attends/ the school.

*나는 가지고 있다/ 문제를(나에게 문제가 있다)

I've got/ a problem.

*나는 가졌다/ 좋은 시간을/ 거기서(재미있게 놀았다)

I had/ a good time/ there.

*너는 했다/ 좋은 일을 (잘했어)

You did/ a good job.

*그는 이끌 것이다/ 토론을

He will lead/ a discussion.

*너는 볼 것이다/ KB은행을/ 너의 오른편에서

You will see/ KB bank/ on your right.

*나는 뒤졌다 (체크했다)/ 내 주머니를

I checked/ my pockets.

*나는 넣었다/ 그것을/ 냉동고에

I put/ it/ in the freezer.

*나는 득점을 했어/ 후반에

I scored a goal/ in the second half.

*나는 가졌다/ 헤어컷을(나는 머리 잘랐다)

I got/ a haircut.

*우리는 오직 가지고 있다/ 5분을/ 옷 입는데(옷 입을 시간이 5분밖에 없어)

We only have/ 5 minutes/ to get dressed.

*나는 받았다/ 허락을/ 방문 할 수 있는/ 그를

I got/ permission/ to visit/ him.

*그는 받았다 /허락을/ 그의 선생님으로부터

He got/ permission/ from his teachers.

*나는 얻었다/ 모기 물리는 것을

I got/ mosquito bites.

*나는 걸렸다/ 감기에

I got/ a cold. (I caught/ a cold.)

*나는 단지 얻었어/ 약간의 스크래치만 (단지 스크래치만 났어)

I just got/ some scratches.

*일등상 수상자는 받는다/ 차를

The first-place winner gets/ a car.

*너는 먹었니/ 약을(알약) (약을 먹다 할 때 take동사)

Did you take/ a pill?

*나는 얻지 못했다/ 그것을(이해 못했어)

I didn't get/ that.

*나는 가지고 있다/ 아이디어를

I've got an idea.

*나는 모른다

I don't have an idea.

*너는 가지고 있니/ 어떤 아이디어를(어떤 생각)

Do you have/ any ideas?

*나는 몰랐다/ 그것을

I didn't know/ that.

*나는 시도했다(해봤다)/ 모든 것을

I tried/ everything.

*나는 여유가 없어/ 그것을 할만한

I can't afford/ it.

*너는 절약한다/ 돈을(시간을)

You save/ money (time).

*나는 다쳤다/ 오늘(burn oneself: 데다)

I hurt myself/ today.

*그녀는 다쳤다/ 그녀의 발목을

She hurt/ her ankle.

*나는 베었다

I cut myself.

*나는 밀었다/ 그것을/ 더 세게

I pushed/ it/ harder.

*그것은 걸릴 것이다/ 몇 시간이

It will take/ hours.

*시간이 걸렸다/ 3일/ 고치는데/ 그 파손된 것을

It took/ 3 days/ to fix/ the damage.

*나는 가지고 갈게/ 그것을/ 밖으로

I will take/ it/ outside.

*나는 데려갔다/ 그를/ 집으로

I took/ him/ home.

*그녀는 쓰고 있다/ 안경을

He is wearing/ glasses.

*내가 쉴 수 있나요/ 화요일을

Can I have/ Tuesday/ off?

*너는 찾을 수 있다/ 그것을/ 너의 왼쪽에서

You can find/ it/ on your left.

*그는 했다/ 자기 차례를(take turns: 교대로 하다)

He took/ his turn.

*수 천명의 사람들이 참석한다/ 그 축제를

Thousands of people attend/ the festival.

*오직 한가지가 힘들게 했다/ 그를

Only one thing troubled/ him.

*나는 계획하고 있다/ 여행을/ 미국으로

I am planning/ a trip/ to U.S. (I am planning/ to travel/ to U.S.)

*나는 (가지고) 있어/ 계획을/ 내 친구랑/ 오늘 밤 (약속이 있어 친구랑 오늘 밤)

I have/ plans/ with my friend/ tonight.

*나는 찾았다/ 메모를/ 테이블 위에서

I found/ a note/ on the table.

*그는 남겨놨다/ 메모를/ 너의 책상 위에

He left/ a note/ on your desk.

*나는 남겼다/ 그것을/ 집에 (놔뒀다 집에)

I left/ it/ at home.

*나는 남겼다/ 그것을/ (뒤에)

I left/ it/ behind.

*그는 했다/ 그것을/ 다른 이유로

He did/ it/ for a different reason.

*그는 접었다/ 그것을/ 종이 비행기로

He folded/ it/ into a paper airplane.

*그는 던졌다/ 그것을/ 공중에

He threw/ it/ into the air.

*너는 써야 한다/ 선글래스를/ 햇빛에선

You have to wear/ sunglasses/ in the sun.

*나는 봤어/ 그를/ 도서관에서

I saw/ him/ in the library.

*나는 제거했다/ 덮개를

I removed/ the cover.

*그녀가 말했다/ 나에게

She told/ me. (She talked/ to me: 말을 걸었다**)**

*그는 땄다/ 금메달을/ 올림픽에서

He won/ a gold medal/ at the Olympics.

*내가 가져올게/ 수영복을

I'll get/ my swimsuit.

*그녀는 허그했다/ 그녀의 아들을

She hugged/ her son.

*그는 놀렸다/ 그녀를

He teased/ her.

*그는 저축했다/ 그의 용돈을

He saved/ his allowance.

*우리는 사용했다/ 그것을/ 베개로

We used/ it/ for a pillow.

*내가 해낼 수 있다 (다룰 수 있다)/ 그것을

I can handle/ it.

*나는 먹었다/ 햄버거를 /점심으로

I had (ate) a hamburger/ for lunch.

*나는 머리 아팠다/ 수업 중에

I had a headache/ in class.

*나는 쌌다/ 그 박스를

I wrapped/ the box.

*나는 봤다/ 그녀를/ 어제

I saw/ her/ yesterday.

*우리 팀이 이겼다/ 그 게임을

Our team won/ the game.

*너는 들리니/ 내 말이

Can you hear/ me?

*그는 엎었다/ 쓰레기통을 (knock over: 엎다)

He knocked/ the garbage can over.

*그녀는 열이 있어.

She has a fever.

*나는 필요하다/ 하나 더

I need/ one more.

*그것은 얻는다(번다)/ 1점을

It earns/ one point.

*나는 받았다/ 피아노 레슨을

I took/ piano lessons.

*우리는 채웠다/ 그 잔을/ 물로

We filled/ the glass/ with water.

*나는 덮었다/ 테이블을/ 그것으로

I covered/ the table/ with it.

*나는 했다/ 설거지를(do the dishes: 설거지 하다)

I did the dishes.

*너는 했니/ 설거지를

Did you do/ the dishes?

*나는 가지고 있다/ 예약을/ 의사와

I have/ an appointment/ with a doctor.

*나는 발견했다/ 그를

I spotted/ him.

*방문객들은 빌릴 수 있다/ 의상을

Visitors can rent/ costumes.

*그것은 가지고 있다/ 피부를/ 사람처럼

It has/ skin/ like a person.

*선원이 구했다/ 그를/ 물로부터

The crewmember rescued/ him/ from the water.

3형식 심화

행동을 목적어로 표현할 때 'to+ 동사(to 부정사)

***expect, hope, want, wish, agree, decide, plan, promise**

***공식: 기소동결계약(기대, 소망, 동의, 결정, 계획, 약속)**

*그는 거절했다/ 받아들이기를/ (그것을)

He refused/ to accept/ (it.)

*그가 동의했니/ 온다고/ (여기에)?

Did he agree/ to come/ (here)?

*그는 원한다(~싶어한다)/ 가기를/ (거기에)

He wants/ to go/ (there.)

*너는 원하니/ 함께 하기를/ (나랑)

Do you want/ to join/ (me)?

*그는 좋아한다/ 축구 하는 것을

He likes/ to play soccer.

*그는 좋아한다/ 타기를/ (자전거)

He likes/ to ride/ (a bike).

*너는 좋아하니/ 여행하기를

Do you like/ to travel?

*나는 약속했다/ 가기를/ (거기에)

I promised/ to go/ (there.)

*나는 약속했다/ 도착하기를/ (거기에/ 정시에)

I promised/ to be/ (there/ on time.)

*그녀는 결정했다/ 타기를/ 택시(지하철, 버스)

She decided/ to take a taxi. (the subway, a bus)

*나는 결정했다/ 옷을 갈아 입기로

I decided/ to change.

*나는 바란다/ 공부하기를/ (해외에서) (유학하기를)

I hope/ to study/ (abroad.)

*나는 시도했다/ 풀기를/ (그 문제를)

I tried/ to solve/ (the problem.)

*너는 필요가 있다/ 운동할/ (매일)

You need/ to exercise/ (every day.)

*나는 바란다/ 가기를/ (거기에)

I hope/ to go/ (there.)

*나는 계획하고 있다/ 공부하는 것을/ (해외에서)

I am planning/ to study/ (abroad).

*나는 계획하고 있다/ 가는 것을/ (유럽에)

I am planning/ to go/ (to Europe.)

*나는 거절했다/ 가는 것을/ 거기에

I refused/ to go/ (there).

*그는 동의했다/ 가기를 /거기에

He agreed/ to go/ (there).

*그는 동의했다/ 데려가기로/ 그녀를

He agreed/ to take/ (her).

*너는 가야 해/ 거기에

You need to go/ there.

*너는 필요하다(해야 한다)/ 하는 것을/ (그것을/ 먼저)

You need/ to do/ (it/ first).

*나는 선택했다/ 공부하기를/ (영국에서)

I chose/ to study/ (in the UK).

*나는 선택했다/ 출석하는 것을/ (그 수업에)

I chose/ to attend/ (the class).

*나는 의도하지 않았다/ 화나게 하려고/ (너를)

I didn't mean/ to offend/ (you).

***enjoy, finish, mind stop, keep +동명사(동사+ing)**

***외우는 공식: 인피마스탑킵**

*나는 즐긴다/ 골프치는 것을 (난 골프 치는 것 좋아해)

I enjoy/ playing golf.

*나는 즐긴다/ 수영하는 것을 (난 수영하는 것 좋아해)

I enjoy/ swimming.

*나는 즐겼다/ 파티를 (파티에서 즐겁게 놀았어)

I enjoyed/ the party.

*날씨가 멈췄다/ 비오기를 (비가 멈췄다)

It stopped raining.

*그만해라/ 말하는 것을/ (한국말을) (한국말 그만해)

Stop/ speaking/ (Korean).

*나는 멈췄다/ 읽는 것을/ (책을) (나는 책 읽다 말았어)

I stopped/ reading/ (a book.)

*언제/ 인터넷/ 고장 났어?

When/ did the Internet/ stop working?

*나는 끝마쳤다/ 청소하는 것을/ (화장실을)

I finished/ cleaning/ (the bathroom.)

*나는 상관하지 않는다/ 보이는 것을/ (바보처럼)

I don't mind/ looking/ (like an idiot.)

*나는 상관하지 않았다/ 그것을

I didn't mind/ it. (mind: 꺼려하다, 싫어하다**)**

*너는 꺼려하니/ 여는 것을/ 창문을(창문 좀 열어도 돼?)

Do(Would) you mind / opening/ the window?

*너는 해야 한다/ 계속 하기를(넌 계속 해야 해)

You got to/ keep going.

*계속 시도해

Keep trying.

*그는 계속 했다/ 켰다 껐다 하는 것을

He kept/ turning on and off.

*그는 계속한다/ 말하는 것을/ (결혼에 대해서) (그는 계속 말한다/ 결혼에 대해)

He keeps/ talking/ (about marriage.)

*나는 제안한다/ 조치를 취하기를/ (이 문제에 대해)

I suggest/ taking actions/ (on this matter.) (take actions: 조치를 취하다)

***love, like(좋아), hate(싫어), begin, start(시작), continue(계속)**

***+to 부정사 또는 동명사 쓸 수 있음**

***공식: 좋아, 싫어, 시계**

*나는 시작했다/ 일하기를

I began/ to work.

*날씨가 시작했다/ 비가 오기

It started/ to rain.

*그것은 시작했다/ 움직이기를

It started/ to move.

*나는 좋아한다/ 수영을

He likes/ swimming. (He likes to swim.)

나는 시작했다/ 벗기기를/ (감자를)

I began peeling (to peel) (potatoes.)

*remember, forget + 동명사 또는 to부정사

***공식: 동과투미(동명사 쓰면 과거일, 투부정사 쓰면 미래일 기억)**

*나는 잊었다/ 끄는 것을/ (물을)

I forgot/ to turn off/ (the water).

*잊지 마라/ 닫는 것을/ (문을)

Don't forget/ to close/ (the door).

*나는 깜박 잊었다/ 가져오는 것을/ 우산을

I forget/ to bring/ (my umbrella).

*난 기억해/ 본 것을/ 그를

I remember/ seeing/ (him).

*나는 기억한다/ 봤던 것을/ (그 프로그램을)

I remember/ watching/ (the program).

*나는 기억한다/ 읽었던 것을/ (그것에 대해/ 신문에서)

I remember/ reading/ (about it/ in the newspaper).

*난 기억하고 있어/ 보낼 것을/ (이메일을/ 그녀에게)

I remember/ to send/ (an email/ to her.)

*나는 깜박 잊었다 /전화하기를/ (그에게)

I forgot/ to call/ (him).

*잊지 마라/ 전화하기를/ (나에게)

Don't forget/ to call (me).

*나는 기억하고 있다/ 전화할 것을/ (그녀에게)

I remember/ to call/ (her).

to+ 동사원형: to 부정사 형용사적 용법, 앞에 있는 명사 수식

*나는 가지고 있지 않다(없다)/ 시간을/ 갈/ (집에)

I don't have/ time/ to go/ (home.)

*나는 가지고 있다/ 많은 일을/ 해야 할

I have/ a lot of work/ to do.

*나는 가지고 있다/ 어떤 것을/ 물어볼

I have/ something/ to ask.

*나는 가지고 있다/ 뭔가를/ 말할/ (너에게)

I have/ something/ to tell/ (you).

*나는 가지고 있다/ 뭔가를/ 물어볼/ 너에게

I have something to ask you.

*그는 없다 친구가/ 같이 놀

He has no friends/ to play with.

*너는 원하니/ 뭔가를/ 마실(뭐 마시고 싶으세요?)

Would you like/ something/ to drink?

*나는 가지고 있었다/ 뭔가를/ 해야 할 (난 할 게 있어)

I had/ something/ to do.

to부정사 목적

***"~위해서 또는 ~하러" 로 해석**

*나는 저축했다/ 돈을/ 사기 위해서(사러)/ (새 신발을)(3형식)

I saved/ some money/ to buy/ (new shoes.)

4형식

***주어(~는) +수여동사(~해주다) +간접목적어(~에게)+ 직접 목적어 (~을)**

***공식: 간+직은 4형식(간접목적+직접목적)**

***직접목적이란 말은 동사의 바로 직접적인 대상을 말한다. 예를 들어 I gave him the concert ticket. 에서 gave 의 직접적인 대상은 the ticket이다. 그래서 the ticket 가 직접목적어이다.**

***4형식을 3형식으로 고칠 때: make, buy, get; for/ ask; of/ 그 외; to)**

***전치사+명사나 대명사는 전치사구로 형식을 셀 때 넣지 않음**

*나는 만들어주었다/ 그에게/ 피자를

I made/ him/ pizza.

*나는 만들었다/ 피자를/ 그에게--3형식

I made/ pizza/ for him. (for him은 형식 셀 때 안넣음)

*나는 만들어줬다/ 약간의 샌드위치를/ 그에게

I made/ some sandwiches/ for him.

*나는 사 주었다/ 그에게/ 셀폰을

I bought/ him/ a cell phone.-4형식

*나는 사주었다/ 셀폰을/ 그에게

I bought/ a cell phone/ for him.-3형식

*나는 갖다 주었다/ 그에게/ 드링크를

I got/ him/ a drink. -4형식

*나는 갖다 주었다/ 드링크를/ 그에게

I got/ a drink/ for him. -3형식

*나는 물었다/ 그에게/ 그의 전화 번호를

I asked/ him/ his phone number.

*나는 물었다/ 그의 전화번호를/ 그에게

I asked/ his phone number/ of him.

*나는 보여주었다/ 그에게/ 내 사진을

I showed/ him/ my pictures. .-4형식

*나는 보여주었다/ 내 사진을/ 그에게

I showed/ my pictures/ to him-3형식

*나는 보냈다/ 그에게/ 이메일을

I sent/ him/ an email. -4형식

*나는 보냈다/ 이메일을 그에게-3형식

I sent /an email /to him. -3형식

*나는 보냈다/ 문자 메시지를/ 그에게

I sent/ a text message/ to him.

*나는 말할 것이다/ 그에게/ 사실을

I will tell/ him/ the truth. -4형식

*나는 말할 것이다/ 사실을 그에게

I will tell/ the truth/ to him. -3형식

*나는 빌려주었다/ 그에게/ 돈을

I lent/ him/ some money. -4형식

*나는 빌려주었다/ 돈을/ 그에게

I lent /some money/ to him -3형식

*나는 빌려주었다/ 그에게/ 내 차를

I lent/ him/ my car.

*내가 줄게 /그에게/ 메시지를

I'll give/ him/ the message.

*그는 주었다/ 나에게/ 약간의 도움이 되는 조언을

He gave/ me/ some helpful advice.

*나는 주었다/ 그녀에게/ 차를 태워주는 것 (집에)

(나는 그녀를 집까지 차에 태워다 줬다)

I gave/ her/ a ride (home.)

*나는 주었다/ 그것을/ 그에게

I gave/ it/ to him. (4형식 만들지 못함, it을 4형식에서 직접 목적어로 쓸 수 없음)

*내가 갖다 주겠다/ 그것을/ 너에게

I will get/ it/ for you.

*그녀는 건네 주었다/ 그것을/ 점원에게

She handed/ it/ to the clerk.

*(전달해)주세요/ 나에게/ 소금을

Pass/ me/ the salt.

*그것은 덜어준다/ 너에게/ 많은 시간을

It saves/ you/ a lot of time.

*나는 말했다/ 그에게/ 아이디어를

I told/ him/ the idea.

*그는 가르쳤다/ 수학을/ 우리에게

He taught/ math/ to us.

5형식

***주어(~는)+ 동사(~한다)+ 목적어(~가)+목적 보어(~하기를)**

***5형식: 목적어가 ~하다 (목적보어)**

*우리는 부른다/ 그를/ 천재라고(그가 천재다)

We call/ him/ a genius.

*나는 알았다/ 그 책이/ 유용하다고(그 책이 유용하다)

I found/ the book/ useful.

*나는 생각한다/ 그 책이/ 유용하다고(그 책이 유용하다)

I think/ the book/ (to be) useful.

*그것은 만들었다/ 내가/ 초조하게(내가 초조하다)

It made/ me/ nervous.

*그것은 만들었다/ 내가/ 화나게(내가 화나다)

It made/ me/ upset.

*나는 보관했다/ 그것을/ 냉동으로(그것이 냉동되다)

I kept/ it/ frozen.

*나는 지킬게/ 그것을/ 비밀로(그것이 비밀이다)

I'll keep/ it/ secret.

*그의 코고는 것이/ 하게한다(유지시킨다)/ 나를/ 깨어있게(내가 깨어 있다)

His snoring keeps/ me/ awake.

*놔둬/ 나를/ 혼자 있게 (me: 목적어, alone: 목적보어)

Leave/ me/ alone. (내가 혼자 있다 : 5형식)

5형식에서 목적 보어 부분이 동작이 들어가는 경우

*나는 원한다/ 네가/ 가기를/ 거기에(네가 가다)

I want/ you/ to go/ there.

*나는 원하지 않는다/ 네가/ 가기를/ (거기에)

I don't want/ you/ to go/ (there).

*나는 원한다/ 네가/ 가기를/ 나와 함께

I want/ you/ to come/ with me.

*나는 원한다/ 네가/ 듣기를 /주의 깊게

I want/ you/ to listen/ carefully.

*나는 원한다/ 그가/ 머무르기를/ 여기에

I want/ him/ to stay/ here.

*너는 원하니/ 내가/ 하기를/ 이것을

Do you want/ me/ to do/ this?

*나는 요청했다/ 그가/ 건너오라고

I asked/ him/ to come over.

*나는 요청했다/ 그가/ 합류하기를/ 우리에게

I asked/ him/ to join/ us.

*나는 충고했다/ 그가/ 생각하라고/ 두 번

I advised/ him/ to think/ twice.

*나는 충고했다/ 그가/ 가기를/ 병원에

I advised/ him/ to go/ see a doctor.

*나는 부탁했다/ 그가/ 전화하라고/ 나에게

I asked/ him/ to call/ me.

*나는 기대한다/ 그가/ 도착하기를/ 곧

I expect/ him/ to arrive/ soon.

*그는 허락했다/ 내가/ 사용하기를/ 그의 컴퓨터를

He allowed/ me/ to use/ his computer.

*나는 허락했다/ 그가/ 들어오는 것을

I allowed/ him/ to come in.

*나는 부탁했다/ 그가/ 사진 찍어 주기를

I asked/ him/ to take pictures.

*나는 원한다/ 네가/ 떠나기를/ 일찍

I want/ you/ to leave/ early.

*그녀는 부탁했다/ 내가/ 말하기를/ 사실을

She asked/ me/ to tell/ the truth.

*나는 말했다/ 그가/ 멈추라고

I told/ him/ to stop.

*그는 말했다/ 내가/ 가기를 (거기에)

He told/ me/ to go (there).

*너는 도와줄래/ 내가/ 찾는 것을/ (그것을)

Will you help/ me/ find/ (it)? (help me to find)

*나는 기다릴게/ 네가/ 오기를

I'll wait/ for you/ to come.

*나는 기다렸다/ 네가/ 문자 보내기를/ (나에게)

I waited/ for you/ to text/ (me).

*나는 기다릴게/ 네가/ 끝내기를(끝날 때까지)

I'll wait/ for you/ to finish.

*나는 기다릴게/ 네가/ 끝내기를/ (먹는 것을)(네가 다 먹을 때까지)

I'll wait/ for you/ to finish/ (eating.)

get A to B: A가 B 하게 하다

*나는 하게 했다/ 그가/ 떠나게/ 여기를

I got/ him/ to leave/ here.

*나는 하게했다/ 그가/ 멈추게

I got/ him/ to stop.

*나는 하게했다/ 그가/ 말하기를/그가 미안하다고

I got/ him/ to say/ that he was sorry.

to 부정사 부정은 not+ to

*그는 말했다/ 내가/ 가지 마라고/ 거기에

He told/ me/ not to go/ there.

*그는 말했다/ 내가/ 기다리지 마라고/ 그녀를.

He told/ me/ not to wait/ for her.

*그는 부탁했다/ 내가/ 늦지 마라고/ 미팅에

He asked/ me/ not to be late/ for the meeting.

*그는 요청했다/ 여행객들이/ 먹이지 마라고/ 그 곰에게

He asked/ tourists/ not to feed/ the bears.

*5형식에서 사역동사(let, make, have: 렛메이크해브)가 있는 경우

***목적격 보어에 to가 들어가지 않음**

***사역동사: 하게하다, 시키다**

***주어 + 사역동사+ 목적어(사람)+ 동사원형**

***help는 준사역 동사로 목적격 보어가 'to+동사원형'이거나 '동사원형'**

*그녀는 시켰다/ 내가/ 청소하기를/ (내방을)

She made/ me/ clean (my room).

*그는 하게했다/ 차가/ 움직이게

He made/ the car/ move.

*어떻게/ 그는 하게했니/ 차가/ 움직이게

How/ did he make/ the car/ move?

*뭐가/ 하게하니/ 네가/ 생각하게/ (그렇게) (왜 그렇게 생각해?)

What makes/ you/ think/ so?

*엄마는 놔뒀다/ 내가/ 자기를/ 열 시까지

Mom let/ me/ sleep/ until 10.

*내가 하겠다/ 네가/ 알도록(알려줄게)/ 나중에. (가능하면 빨리)

I'll let/ you/ know/ later. (as soon as I can)

*내가 하게 하겠다/ 네가/ 알게/ 플레이 하는 방법을

I'll let/ you/ know/ how to play.

*나는 도울 수 있다/ 네가/ 씻는 것을/ 야채를

I can help/ you/ wash the vegetable.

지각동사: see, hear, feel, watch, look at, listen to 등

주어+지각동사+ 목적어+ 동사원형 (또는 동사+ing, 또는 과거분사)

*나는 보았다/ 그녀가/ 기다리는 것을/ (버스를)

I saw/ her/ waiting/ (for a bus).

*나는 보았다/ 그가/ 만나는 것을/ (헬렌을)

I saw/ him/ meet/ (Helen).

*나는 들었다/ 누군가/ 두드리는 것을/ (문을)

I heard/ somebody/ knock/ (the door.)

*나는 듣지 못했다/ 그가/ 들어오는 것을

I didn't hear/ him/ come in.

*나는 보았다/ 그녀가/ 들어가는 것을/ (차 안에)

I saw/ her/ get into/ (the car).

*나는 봤다/ 그 남자가/ 들어오는 것을

I saw/ the man/ coming in.

*나는 느꼈다/ 내 어깨가/ 만져지는 것을

I felt/ my shoulders/ touched.

*나는 지켜봤다/ 그가/ 플레이 하는 것을

I watched/ him/ play.

*나는 지켜봤다/ 그가/ 죽는 것을/ (병원에서)

I watched/ him/ die (at a hospital.)

*나는 지켜봤다/ 그가/ 준비하고 있는 것을

I watched/ him/ getting ready.

*나는 봤다/ 그가/ 달려가는 것을/ 그의 아빠에게

I watched/ him/ race/ (to his dad.)

*나는 지켜봤다/ 그녀가/ 우는 것을/ 그의 죽음에 대해

I watched/ her/ weep (over his death).

have(had)+목적어+ 과거분사: ~하게 하다, 당하다

*나는 ~ 하게 했다/ 내 지갑을/ 도난(도난 당했다) (난 내 지갑을 도난 당했어.)

I had/ my wallet/ stolen. (My wallet was stolen.)

*나는 ~ 하게 했다/ 내 머리를/ 자르게 (나 머리 잘랐어.)

I had/ my hair/ cut.

*나는 ~ 하게 했다/ 내 사랑니를/ 뽑히게 (나 사랑니 뽑았어.)

I had/ my wisdom tooth/ pulled out.

*나는 ~하게 했다/ 내차가 /세차되게 (나 세차했어.)

I had/ my car/ washed.

*나는 ~하게 했다/ 내차가 /고쳐지게 (나 차 고쳤어.)

I had/ my car/ fixed (repaired).

*어디서/ 너는 ~하게 했니/ 너의 차가/ 고쳐지게 (어디서/ 너는 차 고쳤니?)

Where/ did you have/ your car/ fixed?

*어디서/ 너는 하게 하려고 하니/ 너의 차가/ 고쳐지게 (어디서/ 너는 차 고치려고 하니?)

Where/ are you going to have/ your car/ fixed?

명령문

*가세요/ 앞서(먼저 하세요)

Go/ ahead. (You go/ first.)

*실례합니다

Excuse me.

*줄을 서라

Stand in line. (Line up.)

*기다려라/ 줄 서서

Wait in line.

*기다려/ 잠깐만

Wait/ a moment./ Wait a second./ Hold on.

*잠깐만

Give/ me/ a second.

*주라/ 나에게/ 도움을(도와줘)

Give/ me/ a hand. (Help me.)

*놔둬라/ 그것을

Leave/ it.

*놔둬/ 그렇게

Leave/ like that.

*들어라/ 내 말을

Listen/ to me.

*조심해라.

Watch out! (Look out!)

*기다려/ 여기에서

Wait/ here.

*서둘러!

Hurry up.

*기다려/ 나를

Wait/ for me.

*주목해라

Pay attention!

*가라/ 두 블락을

Go/ two blocks.

*서있어/ 가만히

Stand/ still.

*돌아라/ 왼쪽으로

Turn/ left.

*짐을 싸라/ 가볍게

Pack/ lightly.

*입어라/ 너의 코트를

Put/ your coat on. (Put on/ your coat)

*벗어라/ 너의 신발을

Take your shoes off. (Take off/ your shoes.)

*켜라/ 그것을

Turn it on.

*꺼라/ 그것을

Turn it off.

*켜라/ 불을

Turn/ the light on. (Turn on/ the light)

*꺼라/ 불을

Turn/ the light off. (Turn off the light)

*꺼라/ 스토브를

Turn off/ the stove.

*집어 올려라/ 그것을(집어 올려)

Pick/ it up.

*버려라/ 그것을

Throw/ it away.

*물어봐라/ 그에게

Ask/ him!

*주라/ 나에게/ 전화를

Give/ me/ a call. (Call me.)

*주라/ 나에게/ 너의 의견을

Give/ me/ your opinion.

*나에게 주라/ 할인을 (깎아 주세요)

Give me/ a discount.

*갚아라/ 그 돈을

Pay back/ the money.

*와서 가져가/ 그것을

Come and get/ it.

*우회전 해라/ 2 번가에서

Make a right turn/ on 2nd avenue.

*골라라/ 하나를

Pick/ one.

*먹여라/ 그를

Feed/ him.

*가져라/ 시간을 (천천히 해라)

Take/ your time.

*가져라/ 그것을

Take it (with you). Keep it.

*해라/ 네 빨래를 (네 빨래 해)

Do/ your laundry.

*해봐/ 뭔가를

Do/ something.

*해라/ 그것을

Do/ it.

*해라 그것을/ 제대로

Do it/ right.

*그냥 해/ 그것을

Just do/ it.

*천천히 해라

Slow down.

*가져가라/ 충전기를

Take/ the charger.

*가져와라 그것을/ 나에게

Bring it/ to me.

*맞춰라/ 시간을

Set/ the time.

*말해라 작별 인사를/ 그녀에게

Say goodbye/ to her.

*채워라 그 컵을/ 주스로

Fill the cup/ with juice.

*봐줘/ 내 가방을

Watch/ my bag.

*조심해요/ 머리를

Watch your head.

*조심해

Watch (Look) out!

*맡아 줘(save: 보존하다)/ 내 자리를

Save/ my seat.

*취해라(가져라)/ 좌석을(앉아라) (자리 앉아)

Have/ a seat. (Take a seat.)

*가져라/ 휴식을 (쉬어라)

Get/ some rest.

*받아들여라 그것을/ 쉽게 (진정해)

Take it/ easy.

*따라라/ 지시를

Follow/ the instructions.

*편하게 생각해라

Relax.

*포기해

Give up.

*내버려 둬라/ 그것을

Let it go.

*믿어라/ 나를

Trust me.

*채워라/(휘발유를)/ 가득

Fill it up.

*봐라/ 여기를

Look/ here.

*봐라/ 여기 아래를

Look/ down here.

*봐라/ 여기 위를

Look/ up here.

*맛봐라/ 그것을

Taste/ it.

*냄새 맡아라/ 그것을

Smell/ it.

*멈춰라/ 그것을(그만해)

Stop/ it

*먹어라/ 쿠키를

Have some cookies.

*누워라 *일어나라

Lie down. Get up.

*나눠줘라/ 그것을

Pass/ them out.

*작성해라/ 그것을(fill out 작성하다)

Fill/ it out.

*작성해라/ 그 폼을

Fill/ the form out.

*올려라/ 너의 오른손을

Raise/ your right hand.

*와라/ 이쪽으로

Come/ this way.

*나눠라/ 두 개로

Divide into two.

*들여보내라/ 그를

Send/ him in.

*옮겨라/ 뒤로(물러라 뒤로)

Move back.

*물러나라/ 뒤로

Move/ backward. (Back off.)

*오세요/ 앞으로

Move/ forward. (Come up here.)

*힘내

Cheer up.

*가세요/ 주욱(곧장)

Go/ straight.

*돌아와라/ 여기로

Get back/ here.

*청소해라/ 네 방을

Clean your room.

*앉아 있어라.

Remain seated.

*열어라/ 박스를

Open/ the box.

*대답해(요)/ 제 질문에

Answer/ my questions.

*더해라/ 이 숫자들을

Add up/ these numbers.

*전화해(요)/ 119 에. 빨리

***Call/ 119. Quick**

*먹어라/ 모두

Eat/ everything.

*이리 와. 어서 (빨리)

Come here. Come on.

*말해라/ 그에게(그에게 말해)/ 전화하라고/ (나에게)

Tell/ him/ to call/ (me).

*말해/ 그에게(그에게 말해)/ 오지 마라고/ (여기에)

Tell him/ not to come/ (here.)

*말해라/ 우리에게(우리에게 말해)/ 네가 해왔던 것을

Tell/ us/ what you have done. *what you have done: 네가 해왔던 것

*말해라/ 나에게(나에게 말해)/ 무슨 일이 일어났는지

Tell/ me/ what happened.

*우리에게 말해/ 너의 발명품에 대해

Tell us/ about your invention.

*알아 맞춰라/ 그것이 무엇인지

Guess/ what it is.

*그것을 알아내봐

Figure it out.

*한걸음 가고 그리고 움직이지 마세요

Take a step and don't move.

*조심하세요. (장애물에 발에 걸려 넘어지지 않게)

Watch your step.

*가져와라/ 나에게/ 물 한잔을

Bring/ me/ a glass of water.

stop+ 동사+ing

***stop+ v+ing: 그만~해요**

*그만 소리쳐(요). (그만 소리질러)

Stop/ shouting.

*그만/ 말해(요).

Stop/ talking.

*그만/ 먹어(요).

Stop/ eating.

*그만/ 울어.

Stop/ crying.

*그만 싸워(요).

Stop fighting.

*그만 봐(요).

Stop looking.

*그만 물어봐(라).

Stop asking.

*그만 담배 피워(요).

Stop smoking.

*그만 물을 줘(요).

Stop/ watering.

*그만 물어봐(요)/ 그 질문을

Stop asking/ the question.

*그만 말해(요)/ 한국말을 (그만 한국말 해(요))

Stop speaking/ Korean.

*그만 말해요/ 그것을(그것 그만 말해)

Stop saying/ that.

*그만 사용해(요)/ 그것을

Stop using/ it.

*그만 들어(요)/ 그의 말을

Stop listening to/ him.

*그만 봐(요)/ TV 를. (그만 TV 봐라)

Stop watching/ TV.

*그만 사(요)/ 그 물건을. (그만 그 물건 사라)

Stop buying/ that stuff.

*그만 괴롭혀(요)/ 그 여자를 (그만 그 애를 괴롭혀라)

Stop teasing/ her.

*그만 의심해(요)/ 그 여자를 (그만 그 여자를 의심해)

Stop doubting/ her.

*그만 걱정해(요)/ 그것에 대해 (그만 그것에 대해 걱정해)

Stop worrying/ about that.

*그만 쥐어짜(요)/ 나를 (그만 나를 쥐어 짜)

Stop squeezing/ me.

*그만! 그만!

Stop! Stop!

*그만 줘라(놓아라)/ 스트레스를/ 그녀에게

Stop putting/ pressure/ on her.

*그만 줘라/ 혜택을/ 그에게

Stop paying/ benefits/ to him.

*그만 써라/ 쓰레기를

Stop writing/ rubbish.

*그만 말해라/ 사람들에게/ 너의 이야기에 대해

Stop telling/ people/ about your story.

*그만 하려고 해라/ 도우려고/ 그를

Stop trying to/ help/ him.

keep+ v+ing

***keep+ verb +ing: 계속 ~하다**

***keep: 계속하다, 보관하다, 유지시키다**

*계속해(요).

Keep going. (Go on!)

*그냥/ 계속 해(요)

Just/ keep going.

*계속 말해(요). (난(전) 듣고 있어(요))

Keep talking. (I'm listening)

*계속 기다려(요).

Keep waiting.

*계속 클릭해(요).

Keep clicking.

*계속 물을 줘(요).

Keep watering.

*계속 미소 지어(요).

Keep smiling.

*계속 시도해(요).

Keep trying.

*계속 클릭해라

Keep/ clicking.

*계속 말해라/ (너는 모른다고)

Keep/ saying/ (that you don't know.)

*계속 굴려라/ 그것을

Keep rolling/ it.

*계속 물어라/ 질문을

Keep asking/ questions.

*계속 초점을 맞춰라/ 그 계획에

Keep focusing/ on the plan.

*유지해라 그것을/ 헐렁헐렁하게

Keep it/ loose.

*유지해라 그것을/ 타이트하게

Keep it/ tight.

*유지해라(보관해라) 그것을/ 냉동으로

Keep it/ frozen.

*유지해라/ 그것을/ 열린 채로(계속 열어 놔라)

Keep it/ open.

*유지해라 그것을/ 지속하게(그것을 계속 해)

Keep it/ going.

*명심해라/ 그것을(keep in mind: 명심하다)

Keep that in mind.

Let's +동사

*Let's: ~ 하자

*보자/ 둘레를

Let's look/ around.

*끝내자/ 이것을

Let's finish/ this.

*하자/ 그것을

Let's do/ it.

*(나)가자/ 밖으로

Let's go/ outside.

*건너자/ 길을

Let's cross/ the street.

*(들어)가자/ 안으로

Let's go/ inside.

*갖자/ 5 분간의 휴식시간을

Let's take/ a five-minute break.

*쉬자

Let's take a rest.

*점검하자/ 모든 것을

Let's check/ everything.

*보자/ 몇 개를

Let's look at/ a few.

*첫 번째로, 보자/ 실생활의 예를

First,/ let's look at/ a real-life example.

*들어가자

Let's get in. (Let's go in)

*가자/ 지금

Let's go/ now.

*이야기하자/ 이것에 대해

Let's talk/ about this.

*이야기하자/ 그것에 대해/ (뭘 마시면서)

Let's talk/ about it/ (over a drink.)

*이야기 해보자

Let's have a talk.

*보자/ 일이 어떻게 될지

Let's see/ how things turn out.

*가서 보자/ TV 를/ 거실에서

Let's go watch/ TV/ in the family room.

*가서 보자/ 말을

Let's go look at/ the horses.

*가서 보자

Let's go take a look.

*가서 사자/ 나머지 식료품을

Let's go get/ the rest of the groceries.

*가서 먹자/ 햄버거나 아니면 다른 거라도

Let's go get/ a hamburger or something.

*가서 먹자/ 점심을.

Let's go eat lunch.

*먹자/ 점심을.　　내가 살게. (낼게)

Let's have lunch.　It will be my treat.

*좋아/ 먹자

All right,/ let's have some!

*해보자/ 또 다른 한 개를

Let's try/ another one.

*잊자/ 그것에 대해

Let's forget/ about that.

*해결하자/ 그것을

Let's take care of/ that.

*그러면/ 빨리 하자

Then, let's be quick.

*가자

Let's be off. (Off we go: 출발!)

*나가자/ 여기서

Let's get out/ of here.

*~라고 하자/ 네가 30 달러를 지불했다고 하자/ 그것에

Let's say/ you paid $30/ for it.

*~라고 하자/ 그것이 떨어졌다고/ 바로 네 앞에

Let's say/ it landed/ right in front of you.

*점검하자/ 모든 것을

Let's check/ everything.

*이야기 하자/ 그 결과에 대해

Let's talk/ about the results.

*시작하자/ 네가 할 수 있는 것을 가지고

Let's begin/ with what you can do. *what you can do: 네가 할 수 있는 것

*받아들이자/ 그것을

Let's accept/ it.

*(다음단계로) 옮겨가자.

***Let's move on.**

*비교하자/ 그 두 개를

Let's compare/ the two.

*조사하자/ 몇 개의 최근의 예를

Let's examine/ some recent examples.

*좋아/ 이야기하자/ 다른 것에 대해

All right, let's talk/ about something else.

알아보자. (알아봅시다, 알아보죠)

***Let's find out.**

*보자/ 네가 할 수 있는 것이 뭔지

Let's see/ what you can do.

*주의를 기울려 보자/ 그것에

Let's pay attention/ to it.

*보자/ 그 이슈를/ 엄밀하게

Let's look at/ the issue/ strictly.

*확실히 하자

Let's make sure.

*가자/ 버스로

Let's go by bus.

Let me~: 내가 ~하게 해줘

***Let+목적어+동사원형(목적어가 ~하게 해)**

*내가 갈게

Let me go.

*내가 해 볼게

Let me try

*나갈게

Let me out.

*들어갈게

Let me in.

*내가 설명할게

Let me explain.

*내가 끝낼게

Let me finish.

*내가 할게/ 이것을

Let me do/ this.

*내가 먼저 할게

Let me go first.

*도와 줄게/ 너를

Let me help you.

*보여줄게/ 너에게.

Let me show you.

*내가 확인해 볼게

Let me check.

*알려 줘/ 네가 필요한 것을

Let me know/ what you need.

*알려줘/ 네가 원하는 것을

Let me know/ what you want.

*내가 말할게

Let me talk.

*보여줄게/ 너에게/ 뭔가를

Let me show/ you/ something.

*내가 살게/ 너에게 저녁

Let me buy/ you dinner. (Let me pay for dinner)

*내가 받아 쓸게/ 그것을

Let me write/ it down.

*내가 할게/ 그것을

Let me do/ it.

*그 사람이 가게 하자/ 거기에

Let him go/ there.

*그 사람이 시도해 보게 해/ 그것을

Let him try/ it.

*그 사람이 말하게 해. 그를 자게 해라

Let him speak. **Let him sleep**

Let's not: ~하지 말자

*잊지 말자. (맙시다, 말죠)

Let's not forget

*가지 말자/ 거기

Let's not go there.

*멈추지 말자(그만 두지 말자)/ 거기서

Let's not stop/ there.

*말다툼 하지 말자/ 그것에 대해

Let's not argue/ about it.

*반복하지 말자/ 그 실수를/ 미래에는

Let's not repeat/ the error/ in the future.

*결정하지 말자/ 서둘러서

Let's not decide/ to rush.

*낭비하지 말자/ 시간을/ (말다툼 하면서)

Let's not waste/ time/ (arguing)

*하지 말자/ 이것을

Let's not do/ this.

*너무 서두르지 말자

Let's not too be hasty.

*생각하지 말자/ 불쾌한 일에 대해/ 당장은

Let's not think/ of unpleasant things/ right now.

*탓하지 말자/ 그 여자를

Let's not put the blame on/ her. *put the blame on: 탓하다, 비난하다

*초점을 두지 말자/ 그것에

Let's not focus on/ it. (focus on: ~ 에 초점을 두다)

형용사를 명령문으로

*자신감을 가져라 *기쁘해라

Be confident! Be happy!

*엄격해라/ 너의 시간에

Be strict/ with your time.

*있어라/ 정시에 (시간 지켜)

Be/ on time.

*꼭 와라/ 9 시까지(be sure to~: 꼭~해라)

Be sure to come/ by 9.

*편하게 해라. *참아라

Be my guest. Be patient.

부정 명령문

*신경 쓰지 마(요).

Never mind.

*걱정하지 마(요).

Don't worry.

*나가지 마(요)/ 밖에

Don't go/ outside.

*남기지 마(요)/ 너의(당신의) 이름을

Don't leave/ your name.

*하지 마(요)/ 그것을 (그러지 마세요)

Don't do/ that.

*말 하지마/ 그것을. (그런 말 하지마)

Don't say/ that.

*막지마/ 나를/ 지금

Don't stop/ me/ now.

*움직이지 마

Don't move.

*오해하지마/ 나를

Don't get me wrong.

*잊지 마라/ 네 소지품을

Don't forget/ your belongings.

*만지지 마라

Don't touch.

*받아 들이지 마(요)/ 그것을 심각하게

Don't take/ it/ seriously.

*시끄럽게 하지 마세요. (noise: 소음, 시끄러운 소리)

Don't make any noise.

*늦지 마(세요).

Don't be late.

*미안해 하지 마.

Don't be sorry.

*부끄러워하지 마.

Don't be shy.

*나처럼 되지 마.

Don't be/ like me.

*놀라지 마.

Don't be surprised

*바보짓 하지 마(요).

Don't be silly.

*당황하지 마.

Don't be embarrassed

*실망하지 마.

Don't be disappointed.

*속지 마.

Don't be fooled

*화내지 마.

Don't be mad.

*슬퍼하지 마라

Don’t be sad.

*되지 마라/ 그렇게

Don’t be/ like that

*비열하게 굴지마.

Don’t be mean.

*충격 받지마

Don't be shocked.

*두려워하지마

Don't be afraid.

*너무 혹독하게 하지 마라/ 네 자신에게

Don't be hard/ on yourself.

*흥분하지마/ 그것에 대해

Don't be excited/ about it

Isn't it~: ~ 하지 않나요?, ~하지 않니?

*Isn't it sweet? (예쁘지 않아(요)?

*Isn't she cute? (귀엽지 않아?)

*Isn't it enough? (충분하지 않아?)

*Isn't it awesome? (멋지지 않아?)

*Wasn't it wonderful? (대단하지 않았어?)

*Aren't you happy? (기분 좋지 않아?)

*Isn't it effective? (효과적이지 않아?)

*Isn't that worth it? (그럴 만한 가치가 있지 않아요?)

*Wasn't it good? (좋지 않았어?)

*Isn't it correct? (맞지 않아?)

*Wasn't it exciting? (신나지 않았어?)

*Wasn't that fun? (재미있지 않았어?)

*Isn't it funny? (웃기지 않아?)

*Isn't it clear? (명확하지 않아?)

*Isn't it long? (길지 않아?)

*Isn't it nice? (좋지 않아?)

*Isn't it terrible? (끔찍하지 않아?)

*Isn't it terrific? (엄청 좋지 않아?)

*Isn't it useless? (쓸모 없지 않아?)

*Isn't he rude? (그 사람 무례하지 않아?)

Don't you~: ~ 하지 않나요?, ~하지 않니?

*넌 이해 안돼?

Don't you understand?

*너는 기회가/ 있지 않아?

Don't you have/ a chance?

*넌 기억 안나?

Don't you remember?

*넌 필요하지 않아/ 그것이/ 지금?

Don't you need/ that/ now?

*그것들이 유전되지 않아?

Don't they inherit?

*넌 좋아하지 않아/ 그것을?

Don't you like/ it?

*넌 들리지 않아/ 그것이?

Don't you hear/ it?

*넌 그렇게 생각 안해?

Don't you think so?

*네가 기대(생각)하지 않니/ 이길 것이라고?

Don't you expect/ to win?

*너는 생각하지 않아/ 때가 됐다고

Don't you think/ it's about time?

*넌 생각하지 않니/ 앤더슨이 그것을 잘못했다고

Don't you think/ Anderson did them wrong?

*너는 생각하지 않아(요)/ 그가 그걸 받을 자격이 있다고

Don't you think/ he deserves it?

Didn't you~~: ~ 하지 않았어(요)?

*그들이 경고하지 않았어/ 너한테?

Didn't they warn/ you?

*너는(당신은)/ 깨닫지 못했어(요)/ 그것을?

Didn't you realize/ that? *realize: 깨닫다, 인식하다

*그것이 방해했나요/ 당신을?

Didn't it bother/ you?

*네가 알지 않았어/ 그것을/ 전에?

Didn't you know/ it/ before?

*너는 말하지 않았어/ 그에게/ 그 사실을?

Didn't you tell/ him/ the truth?

*내가 설명하지 않았니/ 그것을/ 너에게?

Didn't I explain/ it/ to you?

*네가(당신이)/ 사지 않았어/ 그것의 보험을?

Didn't you buy/ its insurance?

*네가(당신이) 보지(읽지) 않았어/ 신문을?

Didn't you read/ newspapers?

*그 사람이 제안하지 않았어(요)/ 이것을?

Didn't he suggest/ this?

*너는 연락하지 않았어(요)/ 그들과?

***Didn't you contact/ them?**

*그들이 하지 않았니/ 그것을/ 함께?

Didn't they do/ it/ together?

*왜/ 너는 들어오지 않았니?

Why/ didn't you come in?

*왜/ 너는 오지 않았니/ 우리에게/ 전에?

Why/ didn't you come/ to us/ before?

*왜/ 너는 하지 않았니/ 그것을/ 7 시에?

Why/ didn't you do/ it/ at seven?

*왜/ 그들은 말하지 않았니/ 나에게

Why/ didn't you tell/ me?

*왜/ 그는 전화하지 않았니/ 나에게?

Why/ didn't he call/ me?

*왜/ 그는 들어가지 않았니/ 그때?

Why didn't he go in/ then?

*왜/ 너는 가져오지 않았니/ 첫 번째 것을?

Why didn't you bring/ the first one?

*왜/ 너는 끝내지 않았니/ 그것을?

Why/ didn't you finish/ it?

*왜/ 그 남자는 파괴하지 않았어(요)/ 그것들을?

Why didn't he destroy/ them?

*왜/ 그 남자는 고용하지 않았어(요)/ 그 여자를?

Why/ didn't he hire/ her?

*네가(당신이)/ 보지 않았어(요)/ 그 사람이 가는 것을? (5 형식)

Didn't you see/ him go?

*너는 느끼지 않았니/ 땅이/ 흔들리는 것을(5 형식)

Didn't you feel/ the ground/ shake?

*넌 생각하지 않았어요/ 다른 방법들이 있다고?

Didn't you think/ that there were different ways?

~하면서 ~하다

***형용사 + 동사 +ing: ~ 하다 ~ 하느라(하면서)**

*그녀는 늦는다/ 나를 태우러 오느라

She is late/ picking me up.

*나는 기분이 좋아/ 골프 치면서

I am happy/ playing golf.

*그녀는 바빠/ 준비하느라/ 파티를

She is busy/ preparing for/ the party.

그녀는 맘이 편했다/ 일하면서/ 그들과 함께

She felt relaxed/ working/ with them.

*그는 절대 편하게 느끼지 않았다/ 하면서/ 그렇게

He never felt comfortable/ doing so.

*사람들은 좋아했다(기뻐했다)/ 하면서/ 그 활동을

People felt/ happy/ doing/ the activity.

*나는 답답하게 느꼈다/ 하면서/ (똑 같은 일을/ 반복해서)

I felt stuck/ doing/ (the same thing/ over and over.)

*나는 끔찍하게 느꼈다/ 하면서/ (그것을)

I felt horrible/ doing/ (it.)

*나는 항상 불편하게 느꼈다/ 하면서/ (그것을)

I always felt uncomfortable/ doing/ (it).

so: 그렇게

*나는 생각하지 않는다/ 그렇게

I don't think/ so.

*나는 생각하지 않았다 그렇게

I didn't think/ so.

*나는 생각했다/ 그렇게

I thought/ so.

*나는 믿는다/ 그렇게

I believe/ so.

*나는 바란다/ 그렇게

I hope/ so.

*너는 생각하니/ 그렇게

Do you think/ so?

*너는 생각하지 않니/ 그렇게?

Don't you think so?

*넌 그렇게 생각했니?

Did you think so?

단순시제와 진행형 시제 구분 연습

***우리나라 말은 진행형과 현재시제가 구분이 안되게 말할 때가 많다. 영어는 확연한 구분이 있다. 말할 때 주의해야 한다. 예를 들어 한국말로 "TV 보니?"라고 물으면 현재시제를 말할 때도 있고 진행형시제를 말할 때도 있다. 하지만 영어는 단순시제와 진행형 시제를 명확히 구분해서 사용한다. 문법적으로 다 알고 있는데도 막상 말할 때는 구분을 제대로 못하고 쓰는 경우가 많다.**

*나는 본다 /TV 를/ 매일 밤

I watch/ TV/ every night.

*난 보고 있어/ TV 를

I am watching/ TV.

*나는 보지 않는다/ TV 를/ 낮 동안엔

I don't watch/ TV/ during the day.

*나는 안보고 있어/ TV 를/ 지금

I am not watching/ TV now.

*너는 보니/ TV 를/ 너의 여가 시간에

Do you watch/ TV/ in your free time?

*너는 보고 있니/ TV 를

Are you watching/ TV?

*나는 봤어/ TV 를/ 어젯밤에

I watched/ TV/ last night.

*나는 보고 있었어/ TV 를/ 그때

I was watching/ TV/ then.

*너는 봤니/ TV 를

Did you watch/ TV?

*너는 보고 있었니/ TV 를

Were you watching/ TV?

*난 보지 않았어/ TV 를

I didn't watch/ TV.

*나는 보고 있지 않았어/ TV 를/ 그때

I was not watching/ TV/ then.

*나는 샤워해/ 매일

I take a shower every day.

*나는 샤워하고 있어

I am taking a shower.

*나는 샤워하지 않아/ 매일 밤은

I don't take a shower/ every night.

*나는 샤워하고 있지 않아

I am not taking a shower.

*너는 샤워하니/ 매일 밤

Do you take a shower/ every day?

*너는 샤워하고 있니

Are you taking a shower?

*나는 샤워했어/ 어젯밤

I took a shower/ last night.

*나는 샤워하고 있었어/ 그때

I was taking a shower at the time.

*너는 샤워했니?

Did you take a shower?

*너는 샤워하고 있었니/ 그때

Were you taking a shower/ at the time?

*나는 샤워하지 않았어/ 어젯밤

I didn't take a shower last night.

*나는 샤워하고 있지 않았어

I was not taking a shower.

진행형 시제 연습

***진행형: be 동사+ 동사+ing**

*(날씨가) 비가 오고 있니/ 지금?

Is it raining/ now?

*비가 오고 있었니/ 그때?

Was it raining/ then?

*나는 가고 있어/ 집에

I am going/ home.

*나는 가고 있었다/ 집에

I was going/ home.

*나 가고 있어 (너에게)

I am coming.

*나 간다. (떠난다)

I am leaving.

*그는 보고 있어/ TV를

He is watching/ TV.

*너는 즐기고 있니(재미있게 보고 있니)/ 영화를?

Are you enjoying/ the movie?

*(내) 손가락이 피가 나고 있어

My finger is bleeding.

*인터넷이 작동하지 않는다.

The Internet is not working. (The Internet does not work.)

*그것은 작동합니까?

Is it working?

*나는 듣고 있다/ 음악을

I am listening/ to music.

*너는 기다리고 있니/ 수지를?

Are you waiting/ for Susie?

*그는 쓰고 있니/ 안경을?

Is he wearing/ glasses?

*버스가 오고 있니?

Is the bus coming?

*그는 여전히 사용하고 있다/ 그것들을

He is still using/ them.

*그는 오줌 싸고 있다

He is peeing.

*그는 똥싸고 있다

He is pooping.

*나 똥싸고 있어.

I'm doing number two.

*너는 하고 있어/ 잘

You're doing/ fine.

*이 버스는 가나요/ 시내에

Is this bus going/ downtown?

*(상황이) 늦어지고 있다

It is getting late.

*그들은 하고 있다/ 농구를

They are playing/ basketball.

*그녀는 말하고 있다/ 마크랑

She is talking/ with Mark.

*그녀는 들고 있다/ 가방을

She is carrying/ a bag.

*그는 (머무르고) 있다/ 밖에

He is staying/ outside.

*그는 하고 있다/ 뭔가를

He is doing/ something.

*그것은 움직이지 않고 있다.

It is not moving.

*나는 낮잠 자고 있었다 (take a nap: 낮잠 자다)

I was taking a nap.

*그녀는 바르고 있다/ 화장을(그녀는 화장하고 있어)

She is putting on/ her make-up.

*나는 찾고 있다/ 내 책을

I am looking for/ my book.

*나는 배가 고파서/ 죽겠다

I'm starving/ to death.

*가스가 나오고 있다.

Gas is coming out.

*그녀는 하품하고 있었다.

She was yawning.

*나는 단지 보고 있다.

I'm just looking.

*우리는 닳아지고 있다/ 가스가 (run out of gas: 가스가 닳아지다)

We are running out of/ gas.

*그는 도우려고 하고 있다/ 그를

He is trying to help/ him.

*그는 깨우려고 했었다/ 그녀를

He was trying to wake her up.

*나는 알아내려고 했었다/ 내가 무엇을 잘못했는지

I was trying to figure out/ what I'd done wrong.

*나는 확인하려고 했었다/ 그것을

I was trying to identify it.

*왜 너는 전화하려고 했니/ 그를?

Why were you trying to call/ him?

*그는 보호하려고 했었다/ 그녀를

He was trying to protect her.

*우리는 논의 하고 있어/ 그 프로젝트를/ 당장 지금

We are discussing the project at the moment.

*그는 쓸고 있어/ 바닥을/ 당장 지금

He is sweeping the floor/ at the moment.

*비가 억수로 오고 있어

It's raining cats and dogs.

*왜/ 그녀는 피가 나고 있니?

Why is she bleeding?

*그는 나를 머리 아프게 하고 있어

He is giving me a headache.

*나는 전화하고 있다/ 물어보려고/ 너에게/ 뭘

I am calling/ to ask/ you/ something.

*나는 전화하고 있어/ 너에게 감사하려고

I'm calling/ to thank you.

*나는 전화하고 있어/ 예약하기 위해서/ 너의 식당에

I'm calling/ to book a reservation/ at your restaurant.

May I~~

*May I~~: ~~ 해도 됩니까 (Can I~~?)

*may: 허락, 추측(~일지도 모른다)

*허락을 긍정: Yes, you may. (해도 돼)

*허락을 부정: No, you may not(하면 안돼)

문장 내용에 따라 좀 달라질 수 있음

*Can: 할 수 있다(능력), 허락(~해도 된다)

*내가 가도 됩니까/ 거기에?

May I go/ there? (Can I~?)

*(실례합니다)(내가) 가도 됩니까/ 화장실에

(Excuse me.) May I go/ to the bathroom? (Can I~?)

*내가 봐도 될까요/ 주위를 (둘러봐도 될까요?)

May I look/ around? (Can I ~?)

*내가 앉아도 됩니까/ 여기에

May I sit/ here? (Can I ~?)

*내가 제안해도 될까요/ 사이언스 블로그를?

May I suggest/ Science's blog?

*내가 물어봐도 될까요/ 언제/ 그것이 시작하는지?

May I ask/ when/ it starts?

*(내가) 도와드릴까요/ (당신을)

May I help you? (Can I ~?)(What can I do for you) (How can I help you?)

(가게에서 주로 주인이 손님에게 하는 말) 긍정대답(Yes.) 부정대답(No, thanks)

*내가 물어봐도 될까요/ 질문을

May I ask/ a question? (Can I ~?)(Yes, (you may))

*내가 먼저 가도(해도) 됩니까?

May I go first?

*내가 말해도 됩니까/ 제인에게? ((전화 통화에서) 제인 있나요?)

May I speak/ to Jane? (Can I ~?) (Is Jane there? 제인 있나요 거기에?)

*내가 받아도 될까요/ 전할 말을(전할 말 있나요)

May I take/ a message?

*내가 먹어도 되니/ 이것을?

May I eat/ this?

*내가 합류해도 돼/ 너에게?

May I join/ you?

*내가 앉아도 되니?

May I sit down?

*내가 사용해도 되니/ 이것을?

May I use/ this?

*내가 들어가도 되니

May I come in? (=Can I come in?)

*내가 가도 되니/ 집에?

May I go home?

*내가 잠자러 가도 되니?

May I go to bed?

*내가 물어봐도 되니/ 왜 그런지

May I ask/ why?

*담배 피워도 되니?

May I smoke?

*내가 가져가도 되니/ 그것을/ 학교에

May I take/ it/ to school?

*내가 봐도 되니/ 너의 여권과 보딩 패스(비행기표)를

May I see/ your passport and boarding pass?

*내가 빌려도 될까요/ 너의 우산을?

Can I borrow/ your umbrella?

*내가 세놓을 수 있을 까요/ 그것을/ (더 빨리)?

Can I rent/ it/ out/ (sooner)?

*내가 아직도 사용할 수 있나요/ 그것을?

Can I still use/ it?

*내가 쉴 수 있나요/ 화요일을

Can I have/ Tuesday/ off?

*내가 솔직히 추천해도 될까요/ 이것을/ (누구에게나)?

Can I honestly recommend/ this/ (to anyone)?

*내가 거짓말해서(로) 말해도 됩니까/ 내가 그것을 했다고

May I lie and say/ that I did it?

*내가 해도 될까요/ 뭔가를/ 제거하기 위해/ (그것들을)?

Can I do/ something/ to get rid of/ (them)?

May I~~와 비슷한 표현

*괜찮니/ 만약/ 내가 들어간다면

Is it all right/ if I come in? (Is it O.K/ if I come in?)

*너는 신경 쓰이니/ 만약/ 내가 들어간다면?

Do you mind/ if I come in?

(*mind 가 '싫어하다' 의 뜻이므로 들어가도 된다는 뜻일 땐:

No, I don't mind 로 대답해줌)

*너는 싫어하니/ 만약/ 내가 창문을 연다면

Do you mind/ if/ I open the window?

may: ~ 일지도 모른다.

*그것은 아플지도 모른다

It may hurt.

*비가 올지도 몰라.

It may rain.

*눈이 올지도 몰라

It may snow.

*넌 죽을지도 몰라

You may die.

*그것은 부러질지도 몰라

It may break.

*그녀는 올지도 몰라

She may come.

*그것은 효과가 있을지도 몰라

That may work.

*그것은 사실일지도 몰라

It may be true.

*그것은 맞을지도 몰라

It may be right.

*그것은 실수 일지도 몰라

It may be a mistake.

can: ~해도 돼.

*너는 있어도 돼

You can stay.

*너는 떠나도 돼

You can leave.

*너는 시작해도 돼

You can begin.

*너는 그렇게 해도 돼

*You can do so.

너는 들어가도 돼

*You can enter. (You can go in)

*너는 통과해도 돼

You can pass.

Will you ~~?, Would you~ ~?

*Will you ~~? : 네가 ~ 할래? , Would you~ ~? : ~ 해주실래요?

*Can you~~?, Could you ~~? : ~해 줄 수 있나요?, ~할 수 있니?

*네가 할래/ 그것을?

Will you do/ it? (Would you~~?)

*네가 닫을래/ 창문을?

Will you close/ the window? (Would you~~?)

*네가 데이트 할래요/ 나랑/ 내일?

Will you have a date/ with me/ tomorrow?

*(네가) 올래 건너?

Will you come over? (Would you~?)

*네가 올래/ 우리 집에?

Will you come/ to my house (place)?

*네가 들어다 줄래/ 그것을 (나를 위해)?

Will you carry/ it (for me)?

*너는 주문할래/ 스파게티를

Will you order/ spaghetti?

*네가 도와줄래/ 나를?

Will you help/ me?

*너는 있을래(머무를래)/ 나랑?

Will you stay/ with me?

*네가 기다릴래/ 나를?

Will you wait/ for me?

*네가 있을래(올래)/ 집에/ 내일 아침

Will you be/ home/ tomorrow morning?

*네가 나갈래/ 나랑 같이

Will you go out/ with me?

*네가 갈래/ 거기에

Will you be/ there?

*네가 네가 나를 차 태워줄래?

Will you give me a ride?

*당신이 데려다 줄래요/ 나를/ 집에?

Would you take/ me/ home?

*봐 주실래요/ 엔진을?

Would you take a look at/ the engine?

*고쳐주실래요/ 내가 틀린 것을?

Would you please correct/ my mistake?

*답을 주실래요/ 그 질문에?

Would you please answer/ that question?

*천천히 해주실래요?

Would you please slow down?

*대답해주실래요/ 이것에

Would you please reply/ to this?

*사진 찍어주실래요/ 나를

Can(Could) you take a picture of me?

(카메라를 건네주면서 **Can you push the button?** 라고 하기도 함)

*얼마나/ 지불할래요/ 그것에

How much/ would you pay/ for that?

*네가 결혼할래/ 나랑

Will you marry/ me?

*네가 말할래/ 그녀에게/ 그것에 대해

Will you tell/ her/ about it?

*얼마나 오랫동안/ 너는 머무를래(있을래)?

How long/ will you stay?

*언제/ 너는 올래/ 여기에

When/ will you come/ here?

*언제/ 너는 있을래(올래)/ 집에

When/ will you be/ home?

*무엇을/ 너는 주문할래

What/ will you order?

*무엇을/ 너는 말할래/ 그녀에게/그것에 대해

What/ will you tell/ her/ about it?

*언제/ 너는 건너 올래(come over 건너 온다)

When/ will you come over?

*언제/ 너는 올래/ 내 집에

When/ will you come/ to my house?

*몇 시에/ 너는 일어날래/ 내일 아침에

What time/ will you get up/ tomorrow morning?

won't: ~ 하지 않을 거야

*will not 줄임형: won't (~하지 않을 거야)

*나는 나가지 않을 거야

I won't go out.

*나는 가지 않을 거야/ 거기에

I won't be(go)/ there.

*나는 가지 않을 거야/ 집에/ 크리스마스에

I won't be(go)/ home/ for Christmas.

나는 머무르지 않을 거야/ 여기에

I won't stay/ here.

*우리는 잊지 않을 거야/ 그의 희생을

We won't forget/ his sacrifice.

*나는 하지 않을 거야 그것을

I won't do/ it.

*아마도/ 너는 못 볼 것이다/ 그것을

Probably/ you won't see/ it.

*나는 포기하지 않을 거야.

I won't give up.

*나는 실망시키지 않을 거야/ 너를

I won't let/ you down. (let down: 실망시키다)

*그것은 걸리지 않을 것이다/ 오래

It won't take/ long.

Shall we~?, Shall I~

***Shall we~? : 우리가 ~할까요, Shall I~: 내가 ~ 할까요?**

*(우리가) 갈까요?

Shall we go?

*(우리가) 춤출까요?

Shall we dance?

*우리가 들어 갈까요?

Shall we go in?

*우리가 시작할 까요?

Shall we start?

*우리가 계속 할까요?

Shall we go on?

*우리가 할까요/ 게임을?

Shall we play/ a game?

*우리가 만날까요/ 6 시에

Shall we meet/ at six?

*우리가 외식 할까요?

Shall we eat out?

*우리가 여행 할까요/ 함께

Shall we travel/ together?

*어디로/ 우리가 갈까요?

Where/ shall we go?

*무엇을/ 우리가 할까요/ 지금

What/ shall we do/ now?

*내가 전화할까/ 너에게/ 다시

Shall I call/ you /back?

*내가 만들까요/ 리스트를?

Shall I make/ a list?

*내가 보여줄까요/ 그것을/ 너에게

Shall I show/ it/ to you?

*무엇을 내가 말할까요/ 그에게?

What/ shall I tell/ him?

*어디에/ 우리가 머무를까요?

Where/ shall we stay?

*어떻게/ 우리가 인도할까요/ 그녀를

How/ shall we guide/ her?

*우리가 할까요/ 이것을/ 함께?

Shall we do/ this/ together?

*우리가 산책할까요/ 오늘 아침

Shall we take a walk/ this morning?

*내가 전화할까요/ 그녀에게

Shall I call/ her?

*우리 먹을까요/ 핫도그를/ 그릴에 있는

Shall we have/ hot dogs/ on the grill?

*내가 이야기해볼까요/ 그 사람과/ 그리고 알아볼까요/ 그가 뭘 생각하는지?

Shall I have a talk/ with him/ and see/ what he thinks?

would like to+동사, would like+명사

***would like to+동사원형: ~하고 싶다(want to)**

⋆나는 ~싶다 (원한다)/ 사기를/ 타운하우스를(3 형식)

I'd like/ to buy/ a townhouse.

⋆나는 ~싶다 (원한다)/ 보기를/ 더 많이(3 형식)

I'd like/ to see/ more.

⋆나는 ~하고 싶다/ 체크인을(체크 아웃)

I'd like/ to check in (check out).

⋆나는 입어보고 싶어/ 입어보기를/ 그것을(3 형식)

I'd like to try/ it on.

⋆나는 사고 싶어/ 티켓을/ 뉴욕으로 가는(3 형식)

I would like to buy/ a ticket/ for New York.

⋆나는 원한다/ 타기를/ 버스를/ 뉴욕으로 가는(3 형식)

I would like/ to take/ a bus/ for New York.

*나는 소식 듣고 싶어/ 당신으로부터(3 형식)

I would like to hear/ from you.

*나는~ 싶다/ 공부 하고/ 교육학을(3 형식)

I‘d like/ to study/ education.

*나는 하고 싶다/ 예약을 (3 형식)

I'd like/ to make a reservation. (병원 예약하다: make an appointment, 호텔 식당 예약: reservation)

*나는 시작하고 싶어/ 간단한 것을 가지고(3 형식)

I’d like to start/ with something simple.

*나는 참석하고 싶어/ 그 컨퍼런스에(3 형식)

I would like to attend/ the conference.

*나는 ~싶다 (원한다)/ 확정짓기를/ 내 예약을(3 형식)

I would like/ to confirm/ my reservation.

*나는 보고 싶어/ 너의 운전 면허증을(3 형식)

I would like to see/ your driver's license.

*너는 남기고 싶니/ 메시지를(3 형식)

Would you like to leave/ a message? (Yes, I'd like to.)

*어떤 종류의 일을/ 너는 하고 싶니?

What kind of work/ would you like to do?

*너는 원하니/ 내가/ 돕기를/ 너를(5 형식)

Would you like/ me/ to help/ you?

*나는 원한다/ 여러분이/ 말하기를/ 차이점에 대해/ A 와 B 사이에(5 형식)

I would like/ you/ to talk/ about the difference/ between A and B.

*나는 원해/ 네가/ 만나기를/ 내 친구 Jim 을(내 친구 Jim 과 인사해) (5 형식)

I'd like/ you/ to meet/ my friend, Jim.

*그는 원한다(~했으면 한다)/ 그녀가/ 증언하기를(5 형식)

He would like/ her/ to testify.

would like+명사

*원하니/ 물을

Would you like/ some water? (would like=want)

*원하니/ 주스를(커피를, 캔디를)

Would you like/ some juice (coffee, candy)?

have to, be going to

have to+동사 원형, be going to+동사원형

*have to(~해야 한다), had to(~해야 했다), don't have to (~할 필요가 없다), didn't have to (~할 필요가 없었다), do I have to (내가 ~할 필요가 있니?), did I have to (~할 필요가 있었니?), will have to (~해야 할 것이다), won't have to(~할 필요가 없을 것이다), will I have to (내가 ~해야 할까요?)

*am (are, is) going to (~ 하려고 한다), was (were) going to(~하려고 했었다), Are you going to(너는~하려고 하니?), Were you going to~(너는~하려고 했었니?), am(is, are) not going to~(~하지 않으려 한다), was (were)not going to(~하지 않으려 했다)

*시간이 다른데 독해할 때는 잘하지만 막상 말할 땐 잘 표현하는 사람은 의외로 드물다.

*나는 머물러야(있어야) 한다/ 여기에

I have to stay/ here.

*나는 머무를 필요가 없다/ 여기에

I don't have to stay here.

*내가 머물러야(있어야) 하니/ 여기에

Do I have to stay here?

*나는 머물러야(있어야) 했다/ 여기에

I had to stay here.

*나는 머무를(있을) 필요가 없었다/ 여기에

I didn't have to stay here.

*나는 머무르려고 한다/ 여기에

I am going to stay/ here.

*나는 머무르지 않으려 한다/ 여기에

I am not going to stay/ here.

*너는 머무르려고 하니/ 여기에

Are you going to stay/ here?

*나는 머무르려고 했다/ 여기에

I was going to stay/ here.

*나는 머무르지 않으려 했다/ 여기에

I was not going to stay/ here.

*너는 머무르려고 했니/ 여기에

Were you going to stay/ here?

*왜/ 너는 머무르려고 하니/ 여기에

Why/ are you going to stay/ here?

*얼마나 오래/ 너는 머무르려고 하니/ 여기에

How long/ are you going to stay/ here?

*어디에/ 너는 머무르려고 하니?

Where/ are you going to stay?

*나는 머무를 필요가 없을 거예요/ 여기에

I won't have to stay/ here.

*나는 해야 해/ 내 프로젝트를

I have to do/ my project.

*나는 할 필요가 없다/ 그 프로젝트를 지금

I don't have to do/ my project/ now.

*내가 해야 하나요/ 그 프로젝트를/ 지금

Do I have to do/ the project/ now?

*나는 해야 했다/ 내 프로젝트를

I had to do/ my project.

*그는 할 필요가 없었다/ 그 프로젝트를

He didn't have to do/ the project.

*그는 해야 했나요/ 그 프로젝트를

Did he have to do/ the project?

*나는 하려고 한다/ 내 프로젝트를/ 지금

I am going to do/ my project/ now.

*나는 하지 않으려 한다/ 내 프로젝트를/ 지금

I am not going to do/ my project/ now.

*너는 하려고 하니/ 그 프로젝트를

Are you going to do/ the project?

*나는 하려고 했다/ 그 프로젝트를/ 그때

I was going to do/ the project then.

*나는 하지 않으려 했다/ 그 프로젝트를

I was not going to do/ the project.

*너는 하려고 했었니/ 그 프로젝트를

Were you going to do/ the project?

*언제/ 너는 하려고 하니/ 그 프로젝트를

When/ are you going to do/ the project?

*나는 할 필요가 없을 거예요/ 그 프로젝트를

I won't have to do/ the project.

*나는 가야 한다/ 지금

I have to go/ now

*우리는 가야(떠나야) 해/ 5분 지나면

We have to leave/ in 5 minutes.

*너는 할 필요가 없다/ 이와 같이(이렇게)

You don't have to do/ like this.

*나는 가야 했다/ 그때

I had to go/ at the time.

*나는 사야 했다/ 새 신발을

I had to buy/ new shoes.

*나는 머물러 있어야 했다/ 안에

I had to stay/ inside.

*그것은 다시 지어져야 했다/ 여러 번

It had to be rebuilt/ many times.

*너는 머물러야 할 것이다/ 실내에

You will have to stay/ indoors.

*너는 걱정할 필요가 없을 거야/ 그것에 대해

You won't have to/ worry/ about that.

*내가 싸인 해야 합니까/ 그 계약에

Do I have to sign/ the contract?

*왜/ 내가 바꿔야 합니까/ 그것을

Why/ do I have to change/ it?

*언제/ 내가 바꿔야 합니까/ 그것을

When/ do I have to change/ it?

*내가 바꿔야 했나요/ 그것을

Did I have to change/ it?

*왜/ 내가 바꿔야 했나요/ 그것을

Why/ did I have to change/ it?

*무엇을/ 내가 바꿔야 했나요?

What/ did I have to change?

*언제/ 내가 바꿔야 했나요/ 그것을

When/ did I have to change/ it?

*나는 사인 할 필요가 없다/ 그 계약에

I don't have to sign/ the contract.

*나는 사인 할 필요가 없었다/ 그 계약에

I didn't have to sign/ the contract.

*내가 싸인 해야 할까요/ 그 계약에

Will I have to sign/ the contract?

*나는 ~ 필요가 없었다/ 일어날/ 일찍 아침에

I didn't have to/ get up/ early in the morning.

*나는~려고 한다/ 머리를 자를 (get a haircut: 머리를 자르다)

I am going to get a haircut.

*나는 ~려고 했었다/ 머리를 자를

I was going to get a haircut.

*너는 ~려고 하니/ 머리를 자를

Are you going to get a haircut?

*너는 ~려고 했었니/ 머리를 자를

Were you going to get a haircut?

*그는 ~려고 하지 않는다/ 머리를 자르다

He is not going to get a haircut.

*그는 ~려고 하지 않았다/ 머리를 자르다

He was not going to get a haircut.

*언제 너는 ~하려고 하니/ 머리를 자르다

When are you going to/ get a haircut?

*어디서 너는 ~하려고 하니/ 머리를 자르다

Where are you going to/ get a haircut?

*언제 너는 ~려고 했었니/ 머리를 자르다

When were you going to/ get a haircut?

*나는 가지려고 한다/ 휴식을(좀 쉬려고 한다)

I am going to get/ some rest.

*나는 그냥 사러 가려고 한다/ 꽃 좀

I'm just going to get/ some flowers.

*나는 오줌 싸려고 한다

I am going to pee.

*나는 사용하려고 한다/ 그것을

I am going to use/ it.

*너는 사용하려고 하니/ 그것을 /지금

Are you going to use/ it/ now?

*늦어 질 것 같다/ 영화에

We are going to be late/ for the movie.

*그것은 괜찮아 질 거야

It is going to be fine.

*이것은 흥미진진해 질 거야

It is going to be exciting.

*우리는 갈 예정이다/ 소풍을

We are going to go/ on a picnic.

*너는 좋아하게 될 거야/ 그것을

You are going to like/ it.

*무엇을/ 너는 공부하려고 하니?

What are you going to study?

*언제/ 너는 그만 두려고 하니/ 너의 현재 직업을

When/ are you going to quit/ your current job?

*나는 산책 시키려고 한다/ 내 개를/ 오늘 저녁에

I am going to walk/ my dog/ this evening.

*나는 가려고 한다/ 도서관에

I am going to go/ to the library.

*그는 오려고 한다/ 나에게

He is going to come/ to me.

*나는 도착하려고 한다/ 2 시에.

I am going to arrive/ at 2.

*나는 도착하려고 한다/ 거기에/ 두 시경에

I am going to be (arrive)/ there/ around 2.

*나는 보려고 한다/ 축구시합을/ TV 로/ 오늘밤

I am going to watch/ soccer match/ on TV/ tonight.

*언제/ 너는 가려고 하니/ 시내에

When/ are you going to go/ downtown?

*언제/ 너는 가려고 하니/ 거기에?

When/ are you going to be/ there?

had better

*had better: ~하는 게 낫다, ('d better, better 로도 쓰임)

*had better 의 부정은 had better not

*너는 가는 게 낫다/ 집에

You had better go/ home.

*너는 머무르는 게(있는 게) 낫겠다/집에

You'd better stay/ home.

*너는 하는 편이 낫다 너의 프로젝트를 지금

You had better do/ your project/ now.

*너는 바꾸는 편이 낫다/ 그것을

You had better change/ it.

*너는 머무르는 게(있는 게) 낫겠다/ 밖에

You'd better stay/ out.

*네가 확인하는 게 낫겠다.

You better/ check.

*너는 떠나는 게 낫다(가는 게)/ 지금

You'd better leave/ now.

*너는 서두르는 게 낫다

You'd better hurry.

*너는 주의를 기울이는 게 낫다

You had better pay attention.

*너는 준비하는 게 낫다/ 시험을 위해

You had better be prepared/ for the test.

*너는 조심하는 게 낫다

You'd better watch out.

*나는 명확히 하는 게 낫다/ 그것을

I had better make it clear.

*그들은 출발하는 게 낫다/ 곧

They had better start/ soon.

*너는 조심하는 게 낫다.

You'd better be careful.

*너는 전화하는 게 낫다(make a phone call: 전화하다)

You had better make a phone call.

*그는 시작하는 게 낫다/ 찾는 것을/ 다른 직업을

He had better start/ looking for/ another job.

*우리는 찾는 게 낫다/ 방법을/ 고칠 수 있는/ 그것을

We had better find/ a way/ to fix/ (it).

*그들은 찾는 게 낫다/ 그것을/ 빨리

They had better find/ it/ quick.

*우리는 바라는 게 낫다/ 그러기를

We had better hope/ so.

*너는 만드는 편이 낫다(주는 게 낫다)/ 좋은 첫인상을

You had better make/ a good first impression.

*너는 받아들이는 게 낫다/ 그것을/ 가능하면 빨리

You'd better accept/ it/ as soon as possible.

*너는 병원에 가는 게 낫다(see a doctor: 병원에 가다)

You'd better see a doctor.

*너는 아는 게 낫다/ 왜 그런지(이유를)

You'd better know/ why.

*아니라면 너는 시작하는 게 낫다.

If not,/ you'd better get started.

*너는 익숙해지는 게 낫다/ 그것에

You'd better get used/ to it.

*나는 주는 게 낫다/ 그에게/ 충분한 시간을

I had better give/ him/ enough time.

*만약/ 네가 해야 한다면/ 그렇게/ 너는 시작하는 게 낫다/ 일찍

If you must do/ so, you had better start/ (early).

*너는 말하지 않는 게 낫다/ 그에게

You'd better not tell/ him.

*그녀는 시작하는 게 낫다/ 저금하기를/ (그의 65 살때를 위해)

She had better start/ saving/ (for his 65th.)

*너는 말하지 않는 게 낫다/ 아무것도/ 그것에 대해

You'd better not say/ anything/ about it.

*그래서 너는 소비하지 않는 게 낫다/ 모든 너의 돈을

So you'd better not spend/ all your money.

*너는 늦지 않는 게 낫다

You'd better not be late.

*너는 볼 수는 있지만/ 너는 만지지 않는 게 낫다.

You can look,/ but you'd better not touch.

*사실/ 너는 말하지 않는 게 낫다/ 그에게/ (전혀)

In fact, you'd better not tell/ him/ (at all.)

*너는 사용하지 않는 게 낫다/ 그것을

You'd better not use/ it.

*너는 믿지 않는 게 낫다/ 그것을

You'd better not believe/ it.

의문문 연습

*의문문: 영어로 대화할 때 의외로 어떻게 시작해야 할지 몰라서 말하는 것을 두려워하고 주저하는 경우가 많다. 시제는 항상 염두해 두어야 한다.

*의문문에서 Be 동사와 조동사(can, will, may, shall, would, could 등)는 평서문에 있는 주어와 be 동사 또는 조동사 위치 바꾸고, 일반동사가 있는 의문문은 do, does, did 가 들어간다.

*동사의 종류: be 동사, 조동사, 일반동사

*처음 시작할 의문문 연습하기

*Am I~~, Is it~~?, Is he~~?, Is she~~?, Is this~~?, Is that~~?, Are they~~?, Are you~~?, Was he~~?, Was she~~?, Was it~~?, Were you~~?, Were they~~?

*Do you~~?, Do they~~?, Do I~~?, Does he~~?, Does She~~?, Does it~~?, Did I~~?, Did you~~?, Did he ~~?, Did she ~~?, Did they~~?

*Can you~~?, Can he~~?, Will you~~?, May I~~?, Could you~~?, Would you~~

*의문사(when, where, why, how, who, what)가 있는 의문문

의문사 +(be, 조동사, do, does, did)+ 주어 + 동사

*너는 걸어가니/ 학교에

Do you walk/ to school?

*어디로/ 너는 학교에 가니? (어디 학교 다니니?)

Where/ do you go/ to school?

*어디 학교/ 너는 다니니?

What school/ do you go to?

*몇 시에/ 너는 가니/ 학교에

What time/ do you go/ to school?

*어떻게/ 너는 가니/ 학교에

How/ do you go/ to school?

*너는 갔니/ 학교에

Did you go/ to school?

*몇 시에/ 너는 갔니/ 학교에

What time/ did you go/ to school?

*어떻게/ 너는 갔니/ 학교에?

How/ did you go/ to school?

*너는 걸어갔니/ 학교에?

Did you walk/ to school?

*왜/ 너는 걸어갔니/ 학교에

Why/ did you walk/ to school?

*너는 갔니/ 거기에/ 버스 타고

Did you go/ there/ by bus?

*어떻게/ 너는 갔니/ 거기에

How/ did you go/ there?

*그는 갔니? (떠났니 여기를)?

Did he leave/ here? (He left?)

*너는 돌아왔니/ 집에

Did you come back/ home?

*언제/ 너는 돌아왔니/ 집에

When/ did you come back/ home?

*그들은 돌아갔니/ 집으로

Did they go (get) back/ home?

*어떻게/ 그는 돌아갔니/ 집에?

How/ did he go (get) back/ home?

*언제/ 그는 돌아갔니/ 집에

When/ did you go (get) back/ home?

*그는 돌아갔니/ 그의 나라에

Did he go (get) back/ to his country?

*왜/ 그는 돌아갔니/ 그의 나라에

Why/ did he go back/ to his country?

*너는 싸웠니/ 그녀랑?

Did you fight/ with her?

*왜/ 너는 싸웠니/ 그녀랑?

Why/ did you fight/ with her?

*그는 갔니/ 시내에?

Did he go/ downtown?

*왜/ 그는 갔니/ 시내에

Why/ did he go/ downtown?

*그것은 시작하니/ 10 시에?

Does it begin/ at 10?

*그 전쟁은 일어났니/ 1950 년에

Did the war break out/ in 1950?

*언제/ 그 전쟁은 일어났니?

When/ did the war break out?

*너는 가졌니/ 좋은 시간을/ 거기서(거기서 재밌었니?)

Did you have/ a good time/ (there)?

*너의 차가/ 고장 났니?

Did your car/ break down?

*언제/ 너의 차가 고장 났니?

When/ did your car break down?

*몇 번/ 너의 차가/ 고장 났니?

How many times/ did your car/ break down?

*몇 번/ 너의 팀이/ 탔니/ 그 컵을

How many times/ did your team/ win/ the cup?

*너는 갔니/ 도서관에

Did you go/ to the library?

*언제/ 너는 갔니/ 도서관에

When/ did you go/ to the library?

*너는 머물렀니(있었니)/ 집에

Did you stay/ home?

*왜/ 너는 머물렀니 (있었니)/ 집에

Why/ did you stay/ home?

*그것은 사라졌니?

Did it disappear?

*왜/ 그것은 사라졌니?

Why/ did it disappear?

*언제/ 그것은 일어났니?

When/ did it happen?

*얼마나 오래 전에/ 그것은 일어났니?

How long ago/ did it happen?

*그는 왔니/ 수업에?

Did he come/ to class?

*언제/ 그는 왔니/ 수업에

When/ did he come/ to class?

*그것은 비용이 드니/ 많이

Does it cost/ a lot?

*얼마나/ 그것은 비용이 드니

How much/ does it cost?

*그것은 비용이 들었니/ 많이

Did it cost/ a lot?

*그는 울었니/ 많이?

Did he cry/ a lot?

*왜 그는 울었니/ 많이?

Why/ did he cry/ a lot?

*너는 기다렸니/ 버스를?

Did you wait/ for a bus?

*얼마나 오래/ 너는 기다렸니/ 버스를?

How long/ did you wait/ for a bus?

*그녀는 일어났니/ 8 시에

Did she get up/ at 8?

*언제/ 너는 일어났니?

When did you get up?

*그는 돌았니/ 오른쪽으로

Did he turn/ right?

*너는 (돌아) 보았니/ 둘레를

Did you look/ around?

*그는 돌았니/ 둘레를(빙 돌았니?)

Did he turn/ around?

*그는 앉았니/ 테이블에

Did he sit down/ at the table?

*그것은 작동하니/ 잘

Does it work/ well?

*너는 이사 왔니/ 여기로

Did you move/ here?

*언제/ 너는 이사 왔니/ 여기로

When/ did you move/ here?

*그녀는 말했니/ 그에게.

Did she talk/ to him?

*그는 거짓말했니/ 너에게

Did he lie/ to you?

*너는 가지고 있니/ 계획을/ (여름 방학을 위한)

Do you have/ any plans/ (for the summer vacation?)

*그녀는 말하고 있니/ 그에게

Is she talking/ to him?

*비가 오니/ 많이

Does it rain/ a lot?

*비가 왔니/ 많이?

Did it rain/ a lot?

*얼마나 오래/ 비가 왔니

How long/ did it rain?

*얼마나 오래/ 있었니(머물렀니)/ (여기에서)

How long/ did you stay/ (here)?

*눈이 오고 있니/ 많이?

Is it snowing/ a lot?

*너는 만들었니/ 그것을

Did you make/ it?

*그들이 제일 잘한 그룹이었니/ 그 대회에서

Were they the best group/ (performing) in the competition?

what

***what 이 '무엇이' ' 뭐가' 뜻일 땐 주어 역할이고, '무엇이니' 할 땐 보어이고 '무엇을' 의미할 때 목적어 역할이다. 또한 what +명사 일 땐 의문 형용사 역할을 한다.**

*뭐가 ~이니 잘못됐냐? (무슨 일이냐)

What's wrong?

*뭐가 다음이냐? (다음이 뭐니?)

What's next?

*뭐가 있니/ 점심으로(뭐니/ 점심으로?)

What's/ for lunch?

*뭐가/ 문제니? (무슨 일이니?)

***What's the matter?**

*무엇이/ 일어나고 있니(무슨 일이니)?

What's going on?

*무엇이니/ 너의 전공이

What is your major?

*무엇을/ 그것은 의미하니?

What/does it mean?

*무엇을/ 너는 했니?

What/ did you do?

*무엇을/ 너는 말했니? (뭐라 했니)

What/ did you say?

*무엇을/ 개미는 먹니?

What/ do ants eat?

*뭐가 하게 하니/ 딸꾹질을?

What causes/ hiccup?

*뭐가 만드니/ 사람이/ 재채기하게?

What makes/ people/ sneeze?

*무엇을/ 너는 하고 있니?

What/ are you doing?

*무엇을/ 그녀는 입고 있니

What/ is she wearing?

*무엇을/ 너는 만들고 있니?

What/ are you making?

*무엇을/ 이메일이 말하는가? (뭐라고 그 이메일이 쓰여있니?)

What/ does the e-mail say?

*무엇을/ 너는 원하니/ 주문하기를?

What/ would you like to/ order?

*무엇을/ 너는 원하니/ 먹기를

What/ would you like to/ eat?

*무엇을/ 너는 원하니/ 디저트로

What/ would you like/ for dessert?

*무엇을/ 내가 할 수 있나요/ 당신을 위해(뭘 도와드릴까요?)

What/ can I do/ for you? (May I help you?)

*무엇을/ 너는 먹었니/ 점심으로

What/ did you have (eat)/ for lunch?

*무엇을/ 너는 줬니/ 그에게?

What/ did you give/ him?

*무엇을/ 너는 원하니/ 내가/ 하기를?

What/ do you want/ me/ to do?

*무엇을/ 그는 골랐니?

What/ did he choose?

*무엇을/ 그녀는 가져왔니/ 그것 대신에

What/ did she bring/ instead of it?

*무엇을/ 너는 보고 있니

What/ are you looking at?

*무엇을(무엇에 대해)/ 너는 웃고 있니?

What/ are you laughing at?

*무엇을/ 너는 찾고 있니?

What/ are you looking for?

*어떤 프로그램이니/ 그것은?

What program is that?

*어떤 종류 음식이 있었니?

What kinds of food/ were there?

*어떤 종류 음식이니 그것은?

What kind of food is it (that)?

*어떤 종류 음식을/ 너는 좋아하니?

What kind of food/ do you like?

*어떤 종류의 책을/ 너는 권했니/ 그녀에게?

What kind of books/ did you recommend/ to her?

*무슨 사이즈이니/ 그 셔츠는

What size is the shirt?

*어떤 문제를/ 그는 가졌었니(있었니)?

What problem/ did he have?

*무슨 영화를/ 너는 보고 싶니?

What movie/ do you want to see?

*무엇을/ 너는 했니/ 벌기 위해/ 돈을

What/ did you do/ to earn/ money? (earn money, make money: 돈 벌다)

*어떤 두 가지 일을/ 그는 했니?

What two things/ did he do?

*몇 시니/ 시간이?

What time is it?

*몇 시에/ 그것은 시작하니?

What time/ does it start?

*몇 시에/ 너는 갔니/ 시내에?

What time/ did you go/ downtown?

*몇 시에/ 그것이/ 일어났니?

What time/ did it happen?

*몇 시에/ 너는 잤니/ 어젯밤에

What time/ did you sleep/ last night?

*몇 시가 편하니/ 너에게

What time is convenient/ for you?

*몇 시로/ 우리가 정할까?

What time/ shall we make it?

*몇 시에/ 너는 갔니/ 거기에

What time/ did you go/ there?

*몇 시에/ 너는 했니/ 그것을

What time/ did you do/ it?

*몇 시에/ 너는 만났니/ 그녀를?

What time/ did you meet/ her?

*몇 시에/ 너는 줬니/ 그녀에게/ 그 책을?

What time/ did you give/ her/ the book?

*몇 시에/ 너는 부탁했니/ 그녀가/ 하도록/ 그것을?

What time/ did you ask/ her/ to do/ it?

*무엇에 관한 것이니/ 그 영화는?

What is the movie about?

*무엇에 관한 거였니/ 그 이야기는

What was the story about?

*무엇 때문에/ 너는 필요하니/ 그것이

What/ do you need/ it/ for?

*뭐 같니/ 그것은(그것은 어떻게 생겼니?)

What is it like?

*무엇처럼/ 그것은 보이니? (그것은 어떻게 생겼니?)

What/ does it look like?

*어떻게 돼/ 만약/ 내가 간다면/ 거기에

What/ if/ I go/ there.

*무엇을/ 너는 생각하니? (어떻게 생각해?)

What do you think?

*어떻게 생각해/ 이것에 대해?

What/ do you think/ about this?

when

*언제/ 그것은 시작하니?

When/ does it start?

*언제/ 너는 갔니/ 시내에? (1 형식)

When/ did you go/ downtown?

*언제/ 그것이 일어났니? (1 형식)

When/ did it happen?

*언제/ 너는 갔니/ 거기에 (1 형식)

When/ did you go/ there?

*언제/ 너는 도착했니

When did you arrive?

*언제/이니 그것은 *언제/였니 그것은?

When/ is it? When/ was it?

*언제니/ 너는/ 만기가? (만기가 언제야?)

When are you due?

*언제/ 너는 했니/ 그것을

When did you do it?

*언제/ 너는 만났니/ 그녀를?

When/ did you meet/ her?

*언제/ 너는 줬니/ 그녀에게/ 그 티켓을?

When/ did you give/ her/ the ticket?

*언제/ 너는 부탁했니/ 그녀가/ 하도록/ (그것을)?

When/ did you ask/ her/ to do/(it)?

*언제/ 너는 올 거니?

When/ are you coming?

*언제/ 그 축제가 여니(있니)? (take place: 일어나다)

When/ does the fiesta take place?

*언제니/ 콘서트가?

When/ is the concert?

*언제/ 너는 가니(떠나니)

When/ are you leaving?

*언제/ 너는 가려고 하니/ 시내에

When/ are you going to go/ downtown?

*언제/ 너는 가려고 하니/ 거기에?

When/ are you going to be/ there?

*언제/ 너는 ~하려고 하니/ 머리를 자르다

When are you going to/ get a haircut?

*언제/ 내가 바꿔야 합니까/ 그것을

When/ do I have to change/ it?

who

*Who 가 주로 '누가' 라는 의미일 때는 주어 역할이고 (who+ 본동사 또는 조동사+본동사~~)

*Who 가 '누구니'뜻일 때는 보어 역할이다 (who+ be 동사+주어)

Who 가 목적어(whom) 을 대신해 쓰일 때도 있음

*누가 사니/ 여기에

Who lives/ here?

*누가 갔니/ 거기에

Who went/ there?

*누가/ 책임자니?

Who is in charge?

*누구니/ 그녀는?

Who is/ she

*누구니/ 너는

Who are/ you?

*누구세요(전화에서)

Who is this? , Who's calling?

*누가 ~이니/ 네가 가장 좋아하는 가수

Who is/ your favorite singer?

*누가 ~이니/ (키가) 더 크니

Who is/ taller?

*누가 했니/ 그것을

Who did/ it (that)?

*누가 봤니/ 그를

Who saw him?

*누가 봤니/ 그 사건을

Who saw/ the accident?

*누가 만들었니/ 그것을

Who made/ it?

*누가 깼니/ 창문을

Who broke/ the window?

*누가 발견했니/ 그것을

Who found/ it?

*누가 아니/ 답을

Who knows/ the answer?

*누가 알겠니? (아무도 모른다 어떻게 될지)

Who knows?

*누가 말했니/ 그것을

Who said/ that?

*누가 원하니/ 가기를/ 거기에

Who wants/ to go/ there?

*누가 돌봤니/ 그녀를

Who took care/ of her?

*누가 돌보고 있었니/ 그녀를

Who was taking care of/ her?

*누가 발명했나/ 비행기를

Who invented/ the airplane?

*누가 켰니/ 그것을?

Who turned/ it/ on?

*누가 줬니/ 그것을/ 너에게

Who gave/ it/ to you?

*누구에게/ 너는 전화하니? (전화에서: 누구 찾으세요?, 누구 바꿔드릴까요?)

Who/ are you calling?

*누가/ 너는 원하니/ 가기를/ 거기에(너는 원하니 누가 가기를?

Who/ do you want/ to go/ there?

*누구에게/ 너는 줬니/ 그 티켓을

Who(m)/ did you give/ the ticket?

*누구랑/ 너는 가려고 하니?

Who(m)/ are you going/ with?

*누구에게/ 그녀는 말하고 있니?

Who/ is she talking to?

where

***Where (do,does,did 또는 조동사)+주어+동사**

***where +be 동사 + 주어**

⋆어디에 있니/ 그는?

Where/ is he?

⋆어디에서/ 왔니?

Where/ are you from? (Where /do you come from?)

⋆어느 지방에서/ 왔니?

What part/ are you from?

⋆어디에/ 우체국이 있니?

Where/ is the post office?

⋆어디에/ 내가 있나요? (어디인가요 여기가)

Where/ am I?

*어디서/ 내가 탈 수 있나요/ 버스를?

Where/ can I take/ a bus?

*어디에/ 우리가 있었나요? (수업 시작 할 때 “어디까지 했나요?”)

Where/ were we?, (Where were we up to?)

*어디에서/ 너는 일하니?

Where/ do you work?

*어디에/ 너는 사니?

Where/ do you live?

*어디에/ 그는 숨었니?

Where/ did he hide?

*어디서/ 그것이 일어났니?

Where/ did it happen?

*어디서/ 너는 머무르고 있니?

Where are you staying?

*어디에/ 너는 가고 있니? (어디 가니)

Where/ are you going? (Where/ are you headed?)

*어디서/ 너는 얻었니/ 그것을?

Where/ did you get/ it?

*어디서/ 너는 샀니/ 그 옷을?

Where/ did you buy (get)/ the clothes?

*어디서/ 너는 만났니/ 그녀를?

Where/ did you meet/ her?

*어디에/ 너는 뒀니/ 그것을?

Where/ did you put/ it?

*어디서/ 그 축제가 열리니(있니)?

Where/ does the fiesta take place?

*어디에서/ 너는 원하니/ 머무르기(머무르고 싶니)?

Where/ do you want/ to stay?

*어디를/ 너는 원하니/ 가기를(가고 싶니) 다음에?

Where/ do you want/ to go (next)?

*어디서/ 너는 ~싶니/ 저녁 먹고(저녁 먹고 싶니?)

Where/ do you want/ to have dinner?

*어디로/ 너는 ~싶니/ 이사하고(이사하고 싶니?)

Where/ do you want/ to move?

*어디서/ 너는 ~싶니 살고(살고 싶니?) (네가 은퇴 했을 때)

Where/ do you want/ to live (when you retire)?

*어디로/ 너는 ~싶니/ 여행하고(여행하고 싶니?)

Where/ do you want/ to travel?

*어디로/ 너는 갈 계획이니/ 다음에?

Where/ do you plan to go/ next?

*어디에 있었니/ 그들은/ 어쨌든?

Where were they, anyway?

how

*How +(be 동사 또는 do, does, did 또는 조동사)+ 주어+동사

*어땠니/ 너의 여행은?

How was/ your trip?

*어땠니/ 너의 여름 방학은?

How was/ your summer vacation?

*어떻게/ 그것은 시작됐니?

How/ did it begin?

*어떻게/ 우리가 얻니(사니)/ 그것을?

How/ do we get/ it?

*어떻게/ 너는 구했니/ 그것을?

How/ did you get/ it?

*어떻게/ 너는 알았니/ 그것을?

How/ did you know/ that?

*어떻게/ 너는 맘에 들었었니/ 그것이(그건 어땠어?)

How/ did you like/ it?

*어떻게/ 내가 도착할 수 있나요/ 은행에(은행에 어떻게 가나요?)

How/ can I get to/ the bank?

*얼마나 자주/ 너는 가니/ 영화관에?

How often/ do you go/ to the movies?

*얼마나 자주/ 너는 테니스를 치니?

How often/ do you play tennis?

*얼마나 자주/ 그 축제가/ 일어나니?

How often/ does the fiesta take place?

*얼마나 오랫동안/ 너는 머물렀니/ 그 도시에서?

How long/ did you stay/ in the city?

*얼마나 오래/ 시간이 걸리니/ 버스로(기차로, 차로, 비행기로)?

How long/ does it take/ by bus (by train, by car, by plane)?

*얼마나 오래/ 시간이 걸리니/ 여기서 거기까지?

How long/ does it take/ from here to there?

*얼마나 오래/ 너는 기다렸니?

How long/ did you wait?

*얼마나 오랫동안/ 너는 쇼핑 했니?

How long did you shop?

*얼마나 오래/ 너는 머물러야 하냐/ 거기에?

How long/ do you have to stay/ there?

*얼마나 오래 있었니(살았니)/ 여기에서?

How long have you been/ here?

*얼마나 머니/ 그것은?

How far/ is it?

*얼마나 머니/ 거리가/ 여기서?

How far/ is it/ from here?

*얼마나 (키가) 크니/ 그는?

How tall/ is he?

*얼마나 크니/ 그것은?

How big/ is it?

*얼마나 높니/ 그 산은?

How high/ is the mountain?

*얼마나 크니/ 우주가?

How big/ is the universe?

*얼마니/ 버스비가

How much/ is the bus fare?

*얼마나 넓니/ 그것은?

How wide/ is it?

*몇 살이니/ 너는?

How old/ are you?

*몇 살이었니/ 너는/ 그때?

How old/ were you/ then?

*얼마나 작니/ 그것은?

How small/ is it?

*얼마나 나쁘니/ 그것은?

How bad/ is it?

*얼마니/ 그것은?

How much/ is it?

*얼마나/ 내가 빚졌니/ 너에게? (얼마니?)

How much/ do I owe/ you?

*몇 사람이/ 있니?

How many people/ are there?

*어때/ 그것은?

How about/ that?

*어때/ 너는?

How about/ you? (What about you?)

*어때/ 쇼핑가는 것이?

How about/ going shopping?

*어때/ 만나는 것이/ 20 분 일찍?

How about/ meeting/ 20 minutes earlier?

*왜/ 너는 왔니/ 여기에?

How come/ you are/ here?

which

***의문사가 주어 역할할 땐: which+동사**

***which+ (do, does, did)+주어+동사**

***be 동사 들어가야 할 때: 의문사+be 동사+주어**

***조동사 들어갈 때: 의문사+조동사+주어+본동사**

*어느 것이/ 네 것이니?

Which/ is yours?

*어느 것이/ 가장 긴 강 이니?

Which is the longest river?

*어느 것이/ 더 비싸니?

Which is more expensive?

*어느 것이/ 더 좋니?

Which is better?

*어느 것이/ 더 오래됐니?

Which is older?

*어느 것을/ 너는 좋아하니/ 더/, 피자 또는 햄버거?

Which/ do you like/ better/, pizza or hamburger?

*어느 길로/ 우리는 갈까

Which way/ shall we go?

*어떤 산이/ 가장 높나?

Which mountain/ is the highest?

*어느 쪽이/ 이겼니?

Which side/ won?

*어느 다리가/ 아프니?

Which leg/ hurts?

*어느 것이/ 우리 차니?

Which is our car?

*어느 것을/ 원해?

Which/ do you want?

*어느 것이/ 진짜니?

Which one/ is real?

*어느 이가/ 아프니?

Which tooth hurts?

*어느 것을/ 더 좋아해?

Which/ do you prefer?

*어느 것을/ 선택했어?

Which did you choose?

*어느 길로 탐이 갔니?

Which way did Tom go?

*어느 것이 최고야?

Which one is the best?

*어느 길로 가야 해요?

Which way should I go?

*어느 것을 골랐니?

Which one did you pick?

*어느 것을 너는 추천하니?

Which/ do you recommend?

*어느 것을/ 내가 사용해야 돼?

Which one/ should I use?

*어느 것을/ 선택할래?

Which/ would you choose?

*어느 것이/ 새거니?

Which one/ is the new one?

*어느 길이/ 해변이니?

Which way/ is the beach?

why

*왜/ 너는 행동했니/ 그렇게 심하게?

Why/ did you behave/ so badly?

*왜 (그래) 그것은?

Why is that?

*왜/ 그는 화났니

Why/ is he upset?

*왜/ 하늘은 파랗니?

Why/ is the sky blue?

*왜/ 너는 좋아하니/ 이 노래를?

Why/ do you like/ this song?

*왜/ 그는 줬니/ 그것을/ 그녀에게?

Why/ did he give/ it/ to her?

*왜/ 너는 했니/ 그것을?

Why/ did you do/ it?

*왜/ 너는 그만뒀니/ 너의 직장을?

Why/ did you quit/ your job?

*왜/ 너는 싫어하니/ 그것을?

Why/ do you hate/ it?

*왜/ 그녀는 바꿨니/ 마음을?

Why/ did she change/ her mind?

*왜/ 너는 전화 안했니/ 나에게?

Why/ didn't you call/ me?

*왜/ 너는 오지 않았니/ 여기에?

Why/ didn't you come/ here?

*왜/ 너는 말하지 않았니/ 나에게/ 그렇게?

Why/ didn't you tell/ me/ so?

*왜/ 안개가 있니/ 호수 위에?

Why/ is there fog/ over lakes?

Why don't you~~? : ~~ 하는 게 어때?

*가는 게 어때/ 집에/ 지금?

Why don't you go/ home now?

*먹는 게 어때/ 약을?

Why don't you take/ a pill?

*시도하는 게 어때/ 이것을?

Why don't you try/ this?

*네가 설명하는 게 어때/ 그것을?

Why don't you explain/ it?

*네가 보는 게 어때/ 너의 방을?

Why don't you look/ in your room?

*너는 ~어때/ 병원에 가보는 게? (see a doctor: 병원에 가다)

Why don't you (go) see a doctor?

*너는 받아들이는게 어때/ 이것을?

Why don't you accept/ this?

*너는 테스트하는 게 어때/ 이것을?

Why don't you test/ this?

(Why don't we~~? = Shall we~~ ? = Let's~~.= How about~~? =What about~~?)

*우리가/ 영화 보러 가는 게 어때?

Why don't we/ go to the movies?

*우리 그냥 결정하는 게 어때/ 그만두기로?

Why don't we just decide/ to stop?

*우리 샤핑하러 가는 게 어때/ 지금?

Why don't we go shopping/ now?

*우리가 올리는 게 어때/ 우리의 결과를/ 온라인에?

Why don't we post/ our results/ online?

whose

*누구의 셔츠니/ 그것은?

Whose shirt/ is it?

*누구의 뼈니/ 그것들은?

Whose bones/ are they?

*누구의 회사니/ 그것은?

Whose company/ is it?

*누구의 잘못이니/ 그것은?

Whose fault/ is it?

*누구의 생각이니 이것은?

Whose idea/ is this?

수동태

***수동태: be 동사 +과거분사**

***am, are, is+p.p: 현재 수동, *was were+p.p: 과거 수동**

*그것은 깨졌다(그것은 고장 났다)

It is broken.

*목욕탕이 막혔다

My bathtub is clogged.

*그것은 고쳐졌다/ 3 일 전에

It was fixed/ 3 days ago.

*그것은 취소됐다.

It was cancelled.

*그 빌딩은 지어졌다/ 1900 년도에

The building was built/ in 1900.

*그 자동차는 수리됐다.

The car was repaired.

*나는 다치지 않았다

I was not hurt.

*그 다리는 파손됐다

The bridge was damaged.

*나는 태어났다/ 전주에서

I was born/ in Jeonju.

*언제/ 전화가 발명됐니?

When/ was the telephone invented?

*그는 다쳤다/ 자동차사고에서

He was injured/ in the car accident.

*그것들은 다 팔렸다

They are sold out.

*나는 꽤 혼돈스러웠다. (confuse 혼란스럽게 하다)

I was quite confused.

*아무것도 도난 당하지 않았다

Nothing was stolen.

*어떤 음료수도 허락되지 않는다

No drinks are allowed.

*로보트는 작동된다/ 컴퓨터에 의해

Robots are run/ by computers.

*그것은 만들어졌다 2011 년에

It was made in 2011.

*그것은 만들어진다/ 손으로

It is made/ by hand.

*그것은 만들어져 있다/ 나무로(철로)

It is made of wood. (steel)

*그것은 파괴됐다/ 폭풍우에 의해

It was destroyed/ by storms.

*체리는 수입된다/ 미국에서

Cherries are imported/ from U.S.

*그는 실려갔다(데려가 졌다)/ 병원으로

He was taken/ to hospital.

*그것들은 보관되어 있다/ 거기에

They are kept/ there.

*그것은 위치해 있다/ 도쿄 남쪽에

It is located/ south of Tokyo.

*그 가게는 닫혀있다/ 오늘

The store is closed/ today.

*그 방은 완전히 청소됐다.

The room was completely cleaned.

*고래는 보호 받는다/ 사냥꾼들로부터

Whales are protected/ from hunters.

*이 자리는 비어 있나요(차지했나요)

Is this seat taken?

*누군가 다쳤니?

Was anyone hurt?

*그 컨퍼런스는 개최됐다/ 한국에서

The conference was held/ in Korea. (hold-held-held)

*언제 그 컨퍼런스는 개최됐니?

When was the conference held?

*어디서 그 컨퍼런스는 개최됐니?

Where was the conference held?

*어떻게/ 설탕이 만들어지니?

How/ is sugar made?

*어떻게/ 거울이 만들어지니?

How/ are mirrors made?

*그는 옷 입었다 검은색으로

He was dressed/ in black.

*그것들은 전시되어 있지 않는다

They are not displayed.

*그들은 입장이 허락 되었다/ 그 쇼에

They were admitted/ to the show.

*나는 놀랐다/ 그 뉴스에

I was surprised/ at the news.(I was surprised to hear the news.)

*나는 익숙하다/ 김치 먹는 것에

I am used to/ eating Kimchi.

*나는 익숙해 졌다/ 그것에

I got used/ to it.

*나는 만족한다/ 그 결과에

I am satisfied/ with the results.

*나는 기뻤다/ 그 결과에

I was pleased/ with the results.

*그것은 덮여 있다/ 먼지로

It is covered/ with dust.

*그 잔은 채워져 있었다/ 오렌지 주스로

The glass was filled/ with orange juice.

*나는 관심이(흥미가) 있다/ 고전 음악에

I am interested in/ classical music.

*우리는 허락 받았다/ 주차하도록/ 여기에

We are allowed/ to park/ here.

*나는 요청 받았다/ 하라고(가라고)/ 먼저

I was asked/ to go/ first.

*방문객들은 요청 받는다/ 합류하도록/ 그 재미에

Visitors are asked/ to join/ in the fun.

*그는 들었다/ 갖다 놓으라고/ 그것들을

He was told/ to put/ them away.

*우리는 가르침을 받는다(배운다)/ 화장하는 것을

We are taught to/ put on makeup.

*어떤 로보트들는 사용된다/ 올리고 옮기는데/ 물건을

Some robots are used/ to lift and move/ things.

*어떤 로보트들는 사용된다/ 싣고 내리는 데/ 물건을

Some robots are used/ to load and unload/ things.

*여러분은 실망한다/ 사람들이 하는 것에

You're disappointed/ with what people do.

when: ~ 때

***부사절이란 주절에 부가적으로 붙어있는 주어 동사가 있는 문장. 예를 들어 한국말로 "나는 그를 봤다" 가 주절이고 " 내가 공원에서 산책하고 있었을 때" 이런 말은 부가적으로 붙어있기 때문에 부사절이라 한다.**

*~ 때/ 나는 나갔을 때,

When/ I went out,

*~ 때/ 네가 피곤할 때,

When/ you are tired,

*~ 때/ 내가 통과했을 때/ 그 시험에,

When/ I passed/ the exam,

*~ 때/ 그들이 들었을 때/ 그 뉴스를,

When/ they heard/ the news,

*~ 때/ 내가 전화했을 때/ 그녀에게/

When/ I called/ her,

*~때/ 네가 떠날 때/ 방을

When/ you leave/ the room,

*~ 때/ 내가 도착했을 때/ 호텔에

When/ I arrived/ at the hotel,

*~때/ 날씨가 시작했을 때 / 비가 오기

When/ it started/ to rain,

*~때/ 네가 끝날 때

When/ you are done (finished),

*~때/ 네가 (사용할 때/ 이것을

When/ you use/ this,

*~때/ 내가 갈 때/ 백화점에

When/ I go/ to the department Store,

*~때/ 내가 샤핑 갈 때/ 쇼핑을/ 내일

When/ I go shopping/ tomorrow,

*~때/ 내가 도착했을 때/ 집에

When/ I got home,

*~때 내가 너의 나이였을 때

When/ I was your age,

*나는 샤워하고 있었어/ ~때/ 네가 전화했을 때/ 나에게

I was taking a shower/ when/ you called/ me.

before: 전에

*~전에/ 네가 나가기 (전에)/ 밖에

Before/ you go/ out,

*~전에/ 우리가 시작하기 (전에)/ 토론을

Before/ we start/ discussing,

*~전에/ 우리가 시작하기 (전에)/ 다음 것을

Before/ we begin/ the next thing,

*~전에/ 우리가 떠나기 *~전에/ 네가 떨어지기

Before we leave **Before you fall off,**

*~전에/ 그녀가 알아내기 (전에)/ 그것에 대해(과거)

Before she found out about it,

*~전에/ 전쟁이 끝나기(과거)

Before the war was over,

*~전에/ 우리가 돌아가기

Before we get back,

*~전에/ 그들이 결혼하기(과거)

Before they were married,

*~전에/ 네가 건너기(전에)/ 길을

Before/ you cross/ the street,

~전에/ 내가 가기 전에/ 그녀에게(과거)

Before I came to her,

*~전에/ 내가 들어가기 전에/ 대학에(과거)

Before I entered college,

*~전에/ 그녀가 지불하기 전에/ 계산서를(과거)

Before/ she paid/ the bills,

while: 동안에

*~동안에/ 내가 있는 (동안에) / 거기에 (과거)

While/ I was/ there,

*동안에/ 내가 기다리고 있는 (동안에) / 버스를(과거)

While/ I was waiting/ for the bus,

*~동안에/ 내가 보고 있는 (동안에)/ TV 를 (과거)

While/ I was watching/ TV,

*동안에/ 내가 하고 있는 (동안에) / 내 집안일을 (과거)

While/ I was doing/ my chores,

*동안에/ 내가 있는 (동안에)/ 파리에 (과거)

While/ I was/ in Paris,

*~동안에/ 네가 있는(동안에) / 여기에

While/ you are/ here,

*~동안에/ 내가 운전하고 있는 (동안에) / 집으로 (과거)

While/ I was driving/ home,

*~동안에 내가 요리하고 있는 (과거)

While/ I was cooking,

*~동안에/ 내가 먹고 있는 (동안에)/ 점심을 (과거)

While/ I was eating/ lunch,

*~동안에/ 그녀가 샤핑하고 있는(과거)

While/ she was shopping,

*~동안에/ 우리가 휴가 가 있는 (동안에) (과거)

While/ we were on vacation,

*~동안에/ 나는 여행하고 있는 (과거)

While/ I was traveling,

until: ~ 때까지

*~ 때까지/ 네가 돌아 올 (때까지)

Until/ you come back,

*~ 때까지/ 날씨가 멈출 (때까지)/ 비 오기를

Until/ it stops raining,

*기다려라/ ~까지/ 의사가 너를 볼 때 (까지)

Wait/ until/ the doctor sees you.

*나는 기다릴 수 있다/ ~까지/ 네가 집에 올 때(까지)/ 직장에서

I can wait/ until/ you come home/ from work

*~까지/ 네가 오기(과거)

until/ you came

*~까지/ 내가 10 살 될 때까지(과거)

until I was ten years old,

*지금까지,

until now,

*그때까지

until then,

*다음 날 까지

until the next day,

*아주 최근까지

until very recently,

after: ~한 후에

*~후에/ 내가 끝낸 (후)/ 숙제를

After/ I finished/ my homework,

*~후에/ 그가 도착한 (후)/ 거기에

After/ he got/ there,

*~ 후에/ 그가 떠난

After/ he left,

*~바로 후에/ 그들이 결혼한

shortly after/ they were married,

*~한 후에/ 그가 죽은

After he died,

*잠시 후에

After a while,

*그 후 15 년 후에

Fifteen years after that

*아침 식사 후에

After breakfast

*식사 후에

after the meal

*그 후에

after that,

*네 시 후에

after four o'clock.

*이 경험 후에

After this experience

*1 차 세계 대전 후에

After World war 1

although, though: ~하지만

*~하지만/ 비가 오고 있었다(있었지만)

Although/ it was raining,

*~하지만/ 날씨가 매우 추웠다(추웠지만)

Although/ it was very cold,

*~하지만/ 아무도 확신하지는 않지만/ 왜 그런지

Although/ no one is sure/ why

*~하지만/ 그가 앞설 수는 있지만/ 득점에 있어

Although/ he may be ahead/ on points,

*~하지만/ 그가 끝냈지만/ 17 개의 홈런으로

Although/ he finished/ with 17 home runs,

*~하지만/ 그것이 명확하지 않지만

Although/ it's not clear

even if: ~할지라도

*~하지 않을 지라도/ 현실적이지 않을 지라도

even if/ not realistic,

*~할지라도/ 내가 플레이 할지라도/ 최선을 다해

even if I play my best,

*~ 할지라도/ 실행가능 할 지라도

even if feasible.

If

***if: 만약~ 한다면 (부사절)**

⋆만약에/ 네가 실패한다면/ 그 시험에,

If/ you fail/ the exam,

⋆만약에/ 네가 필요하다면/ 돈이

If/ you need/ money,

⋆만약에/ 네가 서두르지 않는다면

If/ you don't hurry,

⋆만약/ 그들이 초대한다면/ 너를

If/ they invite/ you,

⋆만약/ 내가 늦는다면

If/ I am late,

⋆만약 그렇다면

If so,

*만약/ 내가 얻을 수 있다면/ 티켓을

If/ I can get/ a ticket,

*만약에/ 네가 관심이 있다면

If/ you are interested,

*만약에/ 네가 하지 않는다면/ 그것을

If /you don't do/ that,

*만약에/ 그가 나간다면

If/ he gets out,

*만약에/ 네가 바꾼다면/ 너의 마음을,/ 전화해 나에게

If/ you change/ your mind, / call me.

*만약에/ 날씨가 비가 온다면/ 내일

If/ it rains/ tomorrow,

*만약에/ 날씨가 좋다면/ 내일

If/ the weather is fine/ tomorrow,

*만약/ 최악이 일어난다면

If/ the worst happens,

*만약에/ 네가 탄다면/ 택시를

If/ you take/ a taxi,

as soon as: ~ 하자 마자

*~하자마자/ 그가 끝났다(끝나자 마자)

As soon as/ he was finished,

*하자 마자/ 그것이 끝나다(끝나자마자)

As soon as/ it is done,

*~하자마자/ 내가 도착했다(도착하자마자)/ 동물원에

As soon as/ I reached/ the zoo,

*~하자마자/ 그녀가 퇴근했다(퇴근하자마자)

As soon as/ she got off work,

*~하자마자/ 그녀가 도착했다(도착하자마자)/ 집에

As soon as/ she arrived/ home,

*~하자마자/ 그들이 들어갔다(들어가자마자)/ 집을

As soon as/ they entered/ the house,

*~하자마자/ 그가 보았다(보자마자)/ 그녀를

As soon as/ he saw/ her,

*~하자마자/ 내가 준비됐다(준비되자마자)

As soon as/ I am ready,

Because: ~때문에

*때문에/ 다른 아무것도 없었기 때문에/ 해야 할

Because/ there was nothing else/ to do,

*때문에/ 그것이 일어났기 때문에/ 어제

Because/ it happened/ yesterday,

*때문에/ 나는 보통 하기 때문에/ 그것을

Because/ I usually do/ that,

*때문에/ 그는 14 살이었기 때문에/ 그때

Because/ he was 14/ then,

*때문에/ 그들이 사용했기 때문에/ 그것을 모두 다

Because/ they used/ it/ all up,

*때문에/ 그들이 가지고 있지 않았기 때문에/ 증상을

Because/ they have no/ symptoms,

*때문에 우리는 볼 수 있고/ 만질 수 있기 때문에/ 그것을

Because/ we can see/ and touch/ it,

*때문에/ 그녀가 가지고 있기 때문에/ 아주 많은 잠재력을

Because/ she has/ so much potential,

*때문에/ 그가 참석할 수 없기 때문에/ 미팅을

Because/ he <u>is unable to(can't)</u> attend/ the meeting,

that: 접속사

***that 절 이하 가 보어 또는 목적어 역할을 함**

***복문: 주어+동사 +주어+동사**

*나는 생각했어/ 그것이 중지됐다고

I thought/ (that) it stopped. (목적어 역할)

*나는 약속한다/ 내가 갈 것을/ 거기에

I promise/ that I will be/ there.

*그 간판은 <u>쓰여 있다</u>/ 길이 건설 중이라는 것을

The sign says/ that the road is under construction.

*그녀는 깨달았다/ 그가 없다는 것을/ 거기에

She realized/ that he was not/ there.

*너는 들었니/ 그가/ 잡았다는 것을/ 새로운 직업을

Did you hear/ that he got/ a new job?

*나는 믿는다/ 그가 할 수 있다는 것을/ 그것을

I believe/ (that) he can do/ it.

*나는 몰랐다/ 네가 피자를 엄청 좋아한다는 것을

I didn't know/ (that) you like pizza/ so much.

*나는 생각한다/ 너는 알아야 한다/ 그것을

I think/ (that) you should know/ it.

*나는 생각한다/ 그것이 필요 없다고

I think/ (that) it is unnecessary.

*나는 생각한다/ 네가 틀렸다고

I think/ (that) you are wrong.

*나는 생각한다/ 그것이 아주 도움이 된다고

I think/ (that) it's very helpful.

*나는 생각했다/ 그것이 내 것이라고

I thought/ (that) it was mine.

*나는 생각하지 않는다/ 우리가 포기해야 한다고/ 그것을

I don't think/ (that) we should give/ it up.

*나는 생각한다/ 나는 가지고 있다고/ 충분한 시간을/ 쉴만한

I think/ (that) I have enough time/ to relax.

*나는 생각한다/ 내가 너무 늦었다고

I guess/ (that) I am too late.

*나는 알았다/ 그것이 왔다/ Sara 로부터

I knew/ (that) it was/ from Sara.

*나는 바래/ 네가/ 그것을 맘에 들어 하기를

I hope/ (that) you like it.

*그는 말했다/ 나에게/ 이것은 다르다고 저것과

He told/ me/ that this is different/ from that.

*가능성은 ~이다 그가 옳다는 것

Chances are/ that he is right. (that 이하가 보어 역할)

*사실은 ~이다/ 나는 말하고 싶지 않다/ 정치에 대해/ 술집에서. (보어)

The truth is/ that I don't want to talk/ about politics/ at a bar.

*사실은 ~이다 나는 알지 못한다 어떻게 하는지(보어)

The truth is that I don't know how to do it.

*사실은 ~이다/ 우리는 잘 지내지 못한다(보어)

The truth is/ (that) we don't get along well.

*(나는) 다행이다/ 내가 할 필요가 없다니/ 그것을

I am glad/ that I don’t have to do/ that.

*나는 다행이라고 여긴다/ 그가 포함되지 않았다니

I am glad that he wasn't included.

nobody, nothing, anybody anything, something, somebody, some, any

*some: 긍정문(some 이 들어간 의문문은 권유, 요청일 때)

(권유, 요청 some)

*any는 의문문, 조건문, 부정문에 씀(의조부 any)

가끔 구별없이 쓰는 경우도 있음

*긍정문에 any 는 ~든지

* no= not any 또는 not a

*아무도 모른다

Nobody knows.

*아무도 모른다/ 확실히

Nobody knows/ for sure.

*아무도 사용하지 않는다 /그것을 (지금)

Nobody uses/ it/ now.

*아무도 원하지 않는다/ 사용하는 것을/ 그것을

Nobody wants/ to use/ it.

*아무도 몰랐다/ 그것에 대해

Nobody knew/ about it.

*아무도 믿지 않는다/ 그것을

Nobody believes/ it.

*아무도 보이지 않는다/ 아는 것처럼/ 그를

Nobody seems/ to know/ him.

*한 사람도 들르지 않았다.

Nobody (Not one person) came by.

*아무것도 막지 않을 것이다/ 나를

Nothing is going to stop/ me.

*아무도 바꾸지 않으려고 했다/ 그것을

Nobody was going to change/ it.

*아무것도 없었다/ 해야 할

There was nothing to do.

*아무것도 없다/ 그와 같은

There is nothing/ like that.

*우리는 가지고 있지 않다 아무것도/ 할만한

We have nothing/ to do.

*나는 하지 않았다 아무것도

I did nothing. (I didn't do anything.)

*나는 아무것도 말하지 않았다.

I said nothing. (I didn't see anything)

*아무것도 없다/ 잘못된 것이/ 그것에

There is nothing/ wrong/ with it.

*아무것도 없다/ 다른 게/ 우리가 할 수 있는

There is nothing else/ we can do.

*아무것도 없다/ 네가 할 수 있는/ 이기기 위해

There's nothing/ you can do/ to win.

*만약 아무것도 다른 게 없다면

If nothing else,

*나는 사지 않았다/ 아무것도

I didn't buy/ anything. (I bought nothing.)

*나는 말하지 않았다/ 아무것도

I didn't say/ anything. (I said nothing.)

*나는 말하지 않았다/ 누구에게도

I didn't talk/ to anybody.

*나는 보지 않았다/ 아무도/ 거기에서

I didn't see/ anybody/ there.

I saw/ nobody/ there.

*나는 모른다/ 아무것도/ 그것에 대해

I don't know/ anything/ about it.

I know/ nothing/ about it.

*회사들은 갖지 것이다 아무것도/ 잃어버릴

Companies will have nothing/ to lose.

*우리는 관계가 없다/ 그것과 (have nothing to do with: 관계가 없다)

We have nothing/ to do/ with it.

*너는 아니/ 어떤 것을/ 그것에 대해

Do you know/ anything/ about it?

***긍정문에 any 는 ~ 든지**

*너는 할 수 있다/ 무엇이든지

You can do/ anything.

*해봐 뭐든지/ 네가 생각나는

Do anything/ you think of.

의문문인데 some 을 쓰는 경우: 권유, 요청

*원하니/ 마실 것을? (권유)

Would you like/ something to drink?

*빌려줄 수 있니/ 나에게/ 돈을 좀? (요청)

Can you lend/ me/ some money?

*물어봐도 되니/ 질문을

May I ask/ some questions?

something, anything, nothing, anyone(anybody), someone(somebody)+형용사

*나는 찾고 있었다/ 특별한 것을

I was looking for/ something special.

*있었다/ 잘못된 것이/ 엔진에

There was/ something wrong/ with the engine.

*나는 느꼈다/ 뭔가 부드러운 것을

I felt/ something soft.

*뭐가 잘못됐니?

Is anything wrong?

*나는 보지 못했다/ 뭔가 잘못된 것을

I didn't see/ anything wrong.

----

something special(특별한 것), something new(새로운 것), something cold(차가운 것), something unusual(특이한 것), something regrettable(후회스러운 것), something different(다른 것), something a little different (조금 다른 것), something plain(단순한 것), something spectacular(엄청 대단한 것), something funny(재미있는 것), something useful(유용한 것), something wonderful(멋진 것), somebody special(특별한 사람 누군가), anybody special(특별한 사람 누군가), somebody good(좋은 사람 누군가), someone new(새로운 사람 누군가) anyone over 30(누구라도 30 살 넘은), something else(다른 것), something like that(그와 같은 것), anything new(새것), anything else(다른 것), anything illegal(불법적인 것), anything similar(비슷한 것), anything larger(더 큰 것), anything to add? (더할 것 있어요?)

as+원급+as

*이것은 비싸다/ 저것만큼(as that)

This is as expensive/ as that.

*이것은 싸지 않다/ 저것만큼

This is not as cheap/ as that.

*오늘은 춥지 않다/ 어제만큼

Today is not as cold/ as yesterday.

*그것은 오래되지 않았다/ 네가 생각하는 만큼

It is not as old as/ you think.

*그는 일하지 않는다/ 열심히/ 너만큼

He doesn't work/ as hard as/ you do.

*그녀는 젊지 않다/ 그녀가 보이는 만큼

She is not as young/ as she looks.

*그는 같은 나이이다/ 그 남자랑(만큼)

She is the same age/ as he.

*그녀는 번다/ 많은 돈을/ 그 남자 만큼

She earns/ as much money/ as he.

*너는 보낼 수 있니/ 그것을/ 가능하면 빨리

Can you send/ it/ as soon as possible?

비교급

*어느 것이 더 무겁니?

Which is heavier?

*어느 것이 더 좋니?

Which is better?

*어느 것이 더 싸니?

Which is cheaper?

*어느 것이 더 비싸니?

Which is more expensive?

*어느 것을/ 너는 더 좋아하니/ A 나 B (중에서)?

Which/ do you like better,/ A or B?

*누가 더 나이가 많니?

Who is older?

*누가 더 키가 크니/ Cathy 나 Jessi (중에서)

Who is taller,/ Cathy or Jessi?

*너는 ~해야 한다/ 더 조심해야

You should be/ more careful.

*너는 가지고 있니/ 더 싼 것을

Do you have/ a cheaper one?

***비교급+ than**

*그녀는 2 년 더 나이가 많다/ 그 남자보다

She is 2 years older/ than him.

*영어가 더 쉽다/ 배우기에/ 프랑스어보다

English is easier/ to learn/ than French.

*이것은 더 크다/ 저것보다

This is larger/ than that.

*프랑스는 더 크다/ 영국보다

France is bigger/ than England.

*저 의자는 더 편안하다/ 이것보다

That chair is more comfortable/ than this.

*너의 아이디어가 더 낫다/ 내 것보다

Your idea is better/ than mine.

*그녀는 더 크다/ 나보다

She is taller/ than I am.

*야구는 더 인기 있다/ 축구보다/ (미국에서)

Baseball is more popular/ than soccer/ (in U.S.)

*그 장소는 더 붐빈다/ 보통 때보다

The place is more crowded/ than usual.

*상황이 더 심각하다/ 네가 생각한 것보다

The situation is more serious/ than you think.

*나는 이것을 좋아한다/ 덜/ 저것보다

I like this/ less/ than that.

*그의 총 학점은 더 나쁘다/ 기대한 것보다

His GPA is worse/ than expected.

*건강은 더 중요하다/ 돈보다

Health is more important/ than money.

*달려라/ 더 천천히/ 보통 때 보다

Run/ more slowly/ than usual.

*그것은 움직였다/ 더 빨리/ 내가 생각했던 것보다

It moved/ more quickly/ than I thought.

*그것은 움직였다/ 더 빨리/ 다른 것보다.

It moved/ more quickly/ than others.

*그것은 탐지될 수 있다/ 더 쉽게/ 전보다

It can be detected/ more easily/ than before.

*그는 받아들였다/ 그것을/ 더 심각하게/ 나머지 우리보다

He took/ it/ more seriously/ than the rest of us.

*더 천천히/기대한 것보다 (정상보다, 예전보다)

More slowly than expected (than normal, than she used)

the+비교급, the+ 비교급

*더 많을수록 더 낫다

The more, the better.

*더 젊을수록 더 낫다

The younger, the better.

*더 클수록 더 낫다

The bigger, the better.

*더 빠를수록 더 낫다

The sooner, the better. (soon 의 비교급 sooner, 최상급 soonest)

*더 나이들수록 네가, 더 쉬워진다/ 그것이 (배우기가)

The older/ you are, the easier/ it is (to learn).

비교급+비교급: 점점 더 ~해진다.

*그것은 ~해진다 점점 더 작아진다

It is getting/ smaller and smaller.

*날씨가 점점 추워진다

It is getting /colder and colder.

even(still, far, much, a lot) + 비교급: 훨씬 더 ~하다

*나는 만들었다/ 그것을/ 훨씬 좋게

I made/ it/ much better.

*그것은 보인다/ 훨씬 낫게

It looks/ much better.

*더 따뜻한 계절이 훨씬 낫다/ 낚시에

The warmer season is much better/ for fishing.

*그것은 훨씬 큰 문제이다

That's a much bigger problem.

최상급

***최상급: the +최상급**

*어디에/ 있니 가장 가까운 주유소가?

Where/ is the nearest gas station?

*뭐가 가장 높은 산이니/ 세계에서

What is the highest mountain/ in the world?

*뭐가/ 가장 빠른 방법이니/ 하는/ 그것을

What/ is the quickest way/ to do/ it?

*그녀가 가장 나이가 많아

She is the oldest.

*그가 가장 어려/ 그 셋 중에서

He is the youngest/ of the three.

*그것이 가장 싸다

It is the cheapest.

*나는 필요해 그게/ 가장

I need/ it/ the most.

*오늘은 가장 추운 날이다/ 이 달 중에서

Today is the coldest day/ of this month.

*그날은 가장 행복한 날이었다/ 내 인생에서

It was the happiest day/ of my life.

*무엇이 가장 긴 강이니/ 아프리카에서

What is the longest river/ in Africa?

*그것은 가장 비싼 호텔이야/ 그 세 개중에서

It is the most expensive hotel/ of the three.

*그것이 가장 최악이야/ 그것 중에서

That is the worst part/ of it.

*그것은 최악은 아니었어

It wasn't the worst.

*나는 좋아한다/ 고전 음악을/ 가장

I like/ classical music/ the best.

some of

***some of: ~중 일부**

*그것 중 일부가/ 만들어졌다/ 어떤 다른 곳에서

Some of it/ was made/ somewhere else.

*그 자리 중 일부는/ 비어있다

Some of the positions/ are vacant.

*그들 중 일부는/ 보인다/ 역겹게

Some of them/ look/ disgusting.

*내 아들과 나는 토론했다/ 그 이슈 중 일부를/ 더

My son and I discussed/ some of the issues/ further.

*그는 사용했다/ 그 돈 중 일부를/ 지불하기 위해서/ 그녀의 전기세를

He used/ some of the money/ to pay/ her electric bills.

all of

*all of: ~중 모두

*그는 거짓말했다/ 우리 모두에게

He lied/ to all of us.

*그것들 중 모두가/ 말도 안된다

All of them/ are nonsense.

*그들은 훔쳤다/ 그 보석 모두를

They stole/ all of the jewelry.

*그 활동은/ 참여시키는 것은 아니다/ 그 아이들 모두를

The activities/ don't involve/ all of the children.

(not+all 은 부분부정: 모두가 ~하는 것은 아니다)

most of

***most of: ~중 대부분**

*그들 중 대부분은 미국인이다

Most of them/ are Americans.

*그들 중 대부분은/ 감염된다/ 어린 나이에

Most of them/ are infected/ at a young age.

*그들 중 대부분은/ 사용됐다/ 의학적 이유로

Most of them/ were used/ for medical reasons.

*그는 보냈다 /그의 인생의 대부분을/ 여기에서

He spent/ most of his life/ here.

*우리들대부분은/ 원하지 않는다/ 생각하기를/ 그것에 대해

Most of us/ don't want/ to think/ about it.

much of

*much of: ~중 많은 부분(much of 다음에 셀 수 없는 것)

*그것 중 많은 부분이/ 좋다

Much of it/ is good.

*그는 잃어버렸다/ 그 현금 중 많은 부분을

He lost/ much of the cash.

*그 옷은 숨길 수 있다 /몸의 많은 부분을

The clothes can hide/ much of the body.

*그 손해의 많은 부분이/ 발생했다/ 그 도시에서

Much of the damage/ occurred in the city.

*그 연기 중 많은 부분이/ 촬영됐다/미네소타에서

Much of the action/ was filmed/ in Minnesota.

*그 팀은 랭크됐다/ 꼴찌로/ 그 시즌 많은 부분 동안

The team ranked/ last/ for much of the season.

none of

***none of: 아무도 ~않다**

*우리 중 아무도 모른다/ 그것을

None of us know/ it.

*그들 중 아무도/ 나타나지 않았다

None of them/ turned up.

*그 남자아이 중 아무도/ 다치지 않았다

None of the boys/ were injured.

*그것들 중 아무것도/ 단순하지가 않다.

None of them/ are simple.

one of

***one of: ~중 하나**

***one of the 최상급 +복수명사(one of the 최복)**

*그것은 하나이다/ 10 개 최고 영화 중/ 올해의(그 해의)

It's one/ of the 10 best movies/ in the year.

*그녀는 하나야/ 가장 인기 있는 가수 중/ 우리나라에서

She is one/ of the most popular singers/ in my country.

*그녀는 하나였다/ 가장 어린 참가자중

She was one/ of the youngest competitors.

*그것은 하나이다/ 세계의 가장 큰 타이어 마켓 중

It is one/ of the world's largest tire markets.

*그것은 하나야/ 가장 좋은 영화 중/ 내가 여태까지 본

It is one/ of the best films/ that I've ever seen.

both of

***both of: ~중 둘 다**

*그들 둘 다/ 의사가 되었다.

Both of them/ became doctors.

*계획을 짜라/ 너희 둘 다를 위해

Make plans/ for both of you.

*그는 들었다/ 그의 두 팔을

He raised/ both of his arms.

*그는 잃었다/ 그의 다리 둘 다/ 자동차 사고 때문에

He lost/ both of his legs/ because of the car accident.

either of

***either of: (두 명) 중 하나**

*그는 모른다/ 내 아이들 중 하나도

He doesn't know/ either of my children.

*너희 중 하나라도 아니 /뭔가를/ 그것에 대해

Do either of you know/ anything/ about it?

*기대하지 마라/ 그들 중 하나라도/ 올 것이라고

Don't expect/ either of them/ to come.

neither of

***neither of: 두 명 중 아무도 ~하지 않다**

*우리 두 명중 아무도/ 기다릴 수 없다.

Neither of us can wait.

*그녀 부모 둘 다 가지 않았다/ 대학에

Neither of her parents went/ to college.

*그들 둘 다 가지 않을 것이다/ 어디라도

Neither of them is going/ anywhere.

*우리 두 명 중 아무도 좋아하지 않는다/ 비행기타는 것을

Neither of us likes/ to fly.

*우리 두 명중 아무도 원하지 않는다/ 하는 것을/ 그 일을

Neither of us wants/ to do/ the work.

So am I, So do I, Neither do I, Neither am I.

***So am I, So do I(나도 ~하다: 긍정일 때)**

***Neither do I, Neither am I. (나도 아니야 부정할 때)**

***be 동사나 조동사는 그대로 갖다 쓰면 되고**

***일반동사는 시제나 주어에 맞춰: do, does, did 골라서 씀**

A: 나는 보고 있어 그 프로를 B: 그래 나도(나도 그래)

A: I am watching the program. B: So am I.

A: 나는 목말라 B: 그래 나도(나도 그래)

A: I am thirsty. B: So am I.

*내 짝은 우울해했고, 그랬어 나도(나도 그랬어)

My partner was depressed and so was I.

A: 나는 엄청 좋아해 이탤리안 피자를. B: 그래 나도(나도 그래)

A: I love Italian pizza. B: So do I.

A: 나는 그리워했어 그녀를 B: 그랬어 나도(나도 그랬어)

A: I missed her. B: So did I.

*넌 Mick 의 팬이 아니고/ 나도 아니야

You aren't a Mick fan and/ neither am I.

A: 나는 보지 못했어/ 그녀를. B: 나도 (못 봤어)

A: I didn't see her. B: Neither did I. (I didn't, either.)

(Me either/ Me neither)

A: 나는 말 못해/ 중국어를. B: 나도 못해

A: I can't speak Chinese. B: Neither can I. (I can't, either.)

(Me either/ Me neither)

A: 나는 가지 않을 거야/ 거기를, B: 나도(가지 않을 거야)

A: I won't go there. B: Neither will I. (I won't, either.)

(Me either/ Me neither)

A: 나는 먹지 않았어/ 저녁을 B: 나도(먹지 않았어)

A: I haven't eaten dinner. B: Neither have I. (I haven't either.)

A: 나는 본 적 없어/그것을. B: 나도 그래

A: I haven't seen it. B: Neither have I. (I haven't either/ Me neither/ Me either)

A: 나는 가고 싶지 않아 B: 나도

A: I don't want to go. B: Neither do I. (Me either/ Me neither)

*그는 좋아하지 않았어/ 그 영화를. 그녀도 (좋아하지 않았어)

He didn't like the film. Neither did she. (She didn't, either.)

*나는 동의하지 않아 100 퍼센트 너의 코멘트에 그리고 그녀도 (동의) 안해

I do not agree 100% with your comments and neither does she.

It: 가주어, to: 진주어

***It; 가주어, to+동사원형; 진주어 (it= to+동사 이하)**

***예문에서 '그것은'은 스피킹 연습시 편의상 넣었음**

*(그것은) 필요하다/ 체크하는 것이/ 당신의 은행 명세서를

It is necessary/ to check/ your bank statement.

*(그것은) 매우 쉽다/ 잊어버리는 것이/ 그 사실을

It's very easy/ to forget/ the fact.

*(그것은) 어렵다/ 이해하는 것이/ 그것을/ 달리

It is hard/ to understand/ it/ otherwise.

*(그것은) 어렵니/ 배우는 것이/ 스키를

Is it hard/ to learn/ to ski?

*(그것은) 흔하다/ 보는 것은/ 유기견을

It is common/ to see/ stray dogs.

*(그것은) 중요하다/ 물을 주는 것이/ 그 식물에게/ 한번 하루에

It is important/ to water/ the plants/ once a day.

*(그것은) 어렵다/ 말하기가/ 무엇이 나오게 될지.

It is hard/ to say/ what will come out.

*(그것은) 어렵다/ 말하기가/ yes 또는 no 를

It is hard/ to say/ yes or no.

what(관계대명사): ~ 것

what you love(네가 사랑하는 것), what they need(그들이 필요한 것), what he did(그가 했던 것), what you can do (네가 할 수 있는 것)

*이것은 ~이다/ 내가 원하는 것

This is/ what I want.

*그것은 아니다/ 네가 기대하는 것이

It isn't/ what you expect.

*그것은~ 이다/ 내가 찾고 있는 것

It is/ what I am looking for.

*너는 먹을 거야/ 우리가 먹는 것을

You'll eat/ what we eat.

*이것은 ~이다/ 내가 꿈꿔왔던 것

This is/ what I have dreamed of.

*그것은/ 내가 보여주고 싶었던 것/ 너에게

That's/ what I wanted to show/ you.

*너는 이해하겠니/ 내가 말하고 있는 것을?

Do you understand/ what I'm saying?

*나는 보고 싶다/ 네가 했던 것을

I want to see/ what you did.

*그는 단지 기록하고 있었다/ 그가 본 것을

He was merely recording/ what he saw.

*너는 요구해야 한다/ 네가 받을 가치가 있는 것을

You have to ask for/ what you deserve.

*읽어라/ 네가 쓴 것을

Read/ what you wrote.

*이것이 ~이다/ 대부분의 여자들이 가지고 싶어하는 것

This is/ what most of women want to have.

빈도부사

***빈도부사: 조동사, be 동사 뒤에, 일반동사 앞에, 가끔 문장 맨 앞이나 끝에 놓이기도 한다. (조비뒤일앞: 조동사 be 동사뒤에 일반동사 앞에)**

***종류: always, usually, never, rarely, often, sometimes, seldom**

*그는 있다 항상/ 거기에

He is always/ there.

*그는 항상 보인다/ 멋있게

He always looks/ great.

*왜/ 너는 항상 비난하니(탓하니)/ 나를?

Why/ are you always blaming/ me?

*나는 보통 한다/ 그것을

I usually do/ that.

*그는 보통 대답한다/ 문자나 이메일로

He usually responds/ with a text or an e-mail.

*보통/ 나는 먹지 않는다/ 그것을

Usually/ I don't eat/ them.

*그것은 보통 불편하다/ 나에게

It's usually uncomfortable/ for me.

*그는 결코 여행하지 않는다/ 혼자

He never travels/ alone.

*그는 거의 결코 나타나지 않았다

He almost never showed up.

*나는 결코 잃지 않았다/ 자신감을

I never lost/ confidence.

*나는 결코 후회하지 않았다/ 그것을

I never regretted/ it.

*나는 거의 하지 않는다/ 그것을

I rarely do/ that.

*그녀는 거의 언급하지 않았다 /그 이슈를

She rarely mentioned/ the issue.

*이 가방들은 자주 만들어진다/ 천연재료로

These bags are often made/ from natural materials.

*그는 자주 농담한다/ 그의 자신의 키에 대해

He often makes jokes/ about his own height.

*이 장애는 자주 진단된다/ 아동기 후반에

The disorder is often diagnosed/ in late childhood.

*그는 때때로 할 것이다/ 이것을

He will sometimes do/ this.

*너는 가끔씩 볼 수 있다/ 그를

You can sometimes see/ him.

so~that ~can't~= too~(for)~ to

*so~that~: 아주 ~해서 ~하다
*so~that ~can't~= too~(for)~ to

*날씨가 너무 추워서/ 그래서/ 우리는 갈수 없었다/ 밖에

It was so cold/ that/ we couldn't go/ outside.

*날씨가 너무 추웠다/ 우리가/ 가기에는/ 밖에

It was too cold/ for us/ to go/ outside.

*나는 아주 피곤해서/ 그래서/ 나는 갈수 없다/ 쇼핑을

I am so tired/ that/ I can't go/ shopping.

*나는 너무 피곤하다/ 샤핑가기에는

I am too tired/ to go shopping.

*그것은 아주 어려워서/ 그래서/ 나는 이해할 수 없다/ 그것을

It is so difficult/ that/ I can't understand/ it.

*그것은 너무 어렵다/ 내가/ 이해하기에는

It is too difficult/ for me/ to understand.

*이 박스는 아주 무거워서/ 그래서/ 나는 들 수 없다/ 그것을

This box is so heavy/ that/ I can't lift/ it.

*이 박스는 너무 무겁다 내가 들기에는

This box is too heavy/ for me/ to lift.

*나는 귀찮아서/ 그것을 반납하지 않았어. 그냥 사용해버렸어.

I was too lazy/ to return it. I just used it.

It: 비인칭 주어

***It: 날씨, 날짜, 요일, 시간, 명암, 거리**

*비가 왔다/ 많이

It rained/ a lot.

*비가 온다/ 많이/ 여기는

It rains/ a lot/ here.

*눈이 왔다/ 많이/ 어젯밤

It snowed /a lot/ last night.

*비가 오고 있다/ 밖에

It is raining/ outside.

*비가 오고 있었다/ 그때

It was raining/ at the time.

*멈췄다 비가

It stopped raining.

*날씨가 ~할 것 같다/ 눈이 오다

It is going to/ snow.

*날씨가 할 것 같다/ 비가 올

It is going to/ rain.

*날씨가 ~할 것 같았다/ 눈이 올

It was going to/ snow.

*어둡다/ 밖이

It is dark/ outside.

*거리가 멀다/ 여기서

It is far/ from here.

*무슨 요일이니/ 오늘은?

What day is it/ today?

*시간이 5 시 30 분이다

It is 5:30.

*날씨가 시작했다/ 비가 오기를

It began/ to rain.

*날씨가 좋은 날이었다/ 방문하기에/ 동물원을

It was a good day/ to visit/ the zoo.

It is time~: ~할 시간이다.

*시간이다/ 갈

It is time to leave.

*시간이다/ 잠자러 갈

It is time to go to bed. (It is time for bed.)

감탄문

***What+ a(an)+형용사+명사+ (주어+동사)!**

***명사가 복수형일 땐 a 나 an 빠짐**

***How+형+(주어+동사)!, How+부사+(주어+동사)!**

***감탄문 공식: what a 형명주동/ how 형주동 부주동(열번 말하기)**

*아! 훌륭한 생각이다!

What a bright idea (it is)!

*와! 멋진 세상이다

What a wonderful world (it is)!

*와! 세상 좁다

What a small world (it is)!

*무슨 우연이람!

What a coincidence!

*와! 안심이다

What a relief!

*아! 아쉽다,

What a shame!

*와! 엄청 좋은 이야기이네!

What a great story (it is)!

*와! 깜짝이야

What a surprise!

*안됐다

What a pity! (That's too bad)

*와! 아름다운 꽃들이다

What beautiful flowers they are!

*와! 아름답다!

How beautiful (they are!)

*와! 작다

How small (it is)!

As: ~할 때, ~때문에, ~하면서, ~대로 , ~로서

*그녀는 시작했다/ 그녀의 교육경력을/ 초등학교 과학 선생님으로서

She began/ her teaching career/ as an elementary school science teacher.

*그는 일했다/ CEO 로서/ 구글 초창기에서

He served/ as CEO/ in Google's early days.

*그의 능력/ 투수로서/ 발견됐다.

His ability/ as a pitcher/ was discovered.

*~하면서/ 우리가 나이들어(가면서),

As we age,

*우리는 필요하다/ 얻는게/ 더 많은 영양가를

we need to/ get/ more nutritional value

*그녀는 아마 필요 할지도 모른다/ 그것이/ ~면서/ 그녀가 자라면서.

She probably will need/ it/ as/ she grows.

*~때/ 내가 들어갔을 (때),

As/ I went to get in,

*나는 알아차렸다/ 있었다/ 두 명의 아이들이/ 뒷좌석에

I noticed/ there were/ two children/ in the back seat.

*~때/ 그가 도착했을 (때)/ 다시,

As he arrived /back,

조사가 이미 진행 중 이었다.

an investigation was already under way.

*기대했던 대로/ 그녀는 받았다/ 무릎 수술을/오늘

As expected,/ she underwent/ knee surgery today.

*그 가게는 문닫을 것이다/ 기대했던 대로/ 일 이주일 더 지나서

The store will close/ as expected/ in another week or two.

*기대했던 대로/ 그는 목록에 적혀있다/ 대리 선생님으로

As expected,/ he is listed/ as a substitute teacher.

*~때문에/ 내가 길을 잃어서/ 도중에/ 공항가는,

As/ I got lost /on my way/ to the airport,

*나는 도착할 수 없었다/ 정시에

I couldn't arrive/ on time.